Fray Perico
y su borrico

Premio El Barco de Vapor 1979

Juan Muñoz Martín

ediciones **sm** Joaquín Turina 39   28044 Madrid

Primera edición: noviembre 1980
Trigésima quinta edición: mayo 2000

Dirección editorial: María Jesús Gil Iglesias
Colección dirigida por Marinella Terzi
Ilustraciones y cubierta: Antonio Tello

© Juan Muñoz Martín, 1980
© Ediciones SM
   Joaquín Turina, 39 - 28044 Madrid

Comercializa: CESMA, SA - Aguacate, 43 - 28044 Madrid

ISBN: 84-348-0863-3
Depósito legal: M-14951-2000
Fotocomposición: Secomp
Impreso en España/*Printed in Spain*
Imprenta SM - Joaquín Turina, 39 - 28044 Madrid

1 Esto eran veinte frailes...

PUES señor: esto eran veinte frailes que vivían en un convento muy antiguo, cerquita de Salamanca. Todos llevaban la cabeza pelada, todos llevaban una barba muy blanca, todos vestían un hábito remendado, todos iban en fila, uno detrás de otro, por los inmensos claustros.

Si uno se paraba, todos se paraban; si uno tropezaba, todos tropezaban; si uno cantaba, todos cantaban. Daba gusto oírles trabajar. Uno serraba la madera, otro pelaba patatas, otro cortaba con las tijeras, otro golpeaba con el martillo, otro escribía con la pluma, otro limpiaba la chimenea, otro pintaba cuadros, otro abría la puerta, otro la cerraba.

Kikirikí, cantaba el gallo: todos los frailes se levantaban, se estiraban un poquito y bajaban a rezar. *Tan, tan,* tocaba la campana fray Balandrán: los frailes corrían a comer o a cantar o a trabajar. Todos rezaban juntos, estudiaban juntos, abrían y cerraban la boca juntos.

Fray Nicanor, el superior, era un fraile alto, seco y amarillo; tenía una larga nariz y unos brazos muy largos. De cuatro zancadas recorría el monasterio. Era muy bueno y tenía fama de sabio, aunque había otro más sabio que él, pues tenía en la cabeza metidos todos los libros de la biblioteca. Un millón poco más o menos. Le preguntabas los ríos de Asia y lo sabía; le preguntabas cuántas son ocho por siete y lo sabía. ¡Lo sabía todo!...

Este fraile era fray Olegario, el bibliotecario, que tenía ciento y pico años. Estaba más arrugado que una pasa y más encorvado que el mango de su bastón. Tenía reuma y cuando llovía se le hacía más pequeña una pierna.

Los frailes se pasaban todos los días rezando, leyendo libros muy gordos, durmiendo poco, trabajando mucho.

Había una imagen de San Francisco en la iglesia, y los frailes le tenían mucha devoción. Fray Bautista, el organista, un fraile pequeñito y vivaracho como una ardilla, tocaba en el órgano las mejores cosas que sabía. Pero era un pesado.

Había un fraile que se pasaba dando vueltas a la chocolatera todo el día. Hacía chocolate de almendras. Este era fray Cucufate, el del chocolate. Fray Pirulero, el cocinero, era regordete y colorado, como todos los cocineros, y tenía los pies anchos. Andaba de lado, como los patos, y tenía un gorro blanco en la cabeza. Pues déjate

6

que fray Mamerto, el del huerto, ¡pasaba con cada brazada de zanahorias!... ¡Con lo que le gustaban a San Francisco las zanahorias! Pero del pobre San Francisco nadie se acordaba. Algunas veces le sacaban en procesión, le daban una vuelta por el pueblo y en seguida a casa.

Los frailes no jugaban nunca. Con trabajar les sobraba. Allá en el torreón estaba todo el día fray Procopio, el del telescopio; estaba calvo de tanto hacer cuentas y experimentos con frascos y líquidos. Un día mezcló bicarbonato, ácido sulfúrico y un poquito de lejía, y la que se armó. ¡*Cataplum*! La capucha salió por un lado, las sandalias por otro, y el gato por otro, con el rabo chamuscado. Bueno, fray Silvino tenía la nariz colorada de tanto oler el vino, y los pies negros de pisar las uvas. Otro que trabajaba mucho era fray Ezequiel, el de la miel. Era un hombre dulce y hablaba muy bajito. Goteaba miel hasta por la barba. Las moscas le seguían por todas partes, hasta cuando se iba a la cama.

Punto y aparte era fray Rebollo, el de los bollos. Era el panadero. Iba siempre manchado de harina de pies a cabeza.

Y qué frío debía de pasar San Francisco en el altar. El aire se colaba por debajo de la puerta como Pedro por su casa. San Francisco se metía las manos en los bolsillos cuando nadie le veía. Para colmo de males, un día se abrió una gotera en el techo y empezó a caerle agua encima.

—¡Estamos arreglados! —dijo San Francisco.

Menos mal que fray Balandrán, el sacristán, le puso un paraguas aquella noche. Los frailes, al día siguiente, se dieron cuenta de que la iglesia se estaba desmoronando de puro vieja. Entonces se dispusieron a arreglarla. Se remangaron los hábitos y uno subía las piedras, otro clavaba un clavo, el otro ponía un tablón, el otro hacía la argamasa. Ningún fraile estaba ocioso. Fray Olegario era el arquitecto. El peor era fray Simplón que, cuando no se caía de las escaleras, clavaba un clavo al revés, o se le caía el cubo encima de la cabeza, o ponía los ladrillos torcidos.

También metía mucho la pata fray Mamerto, pues era sordo como una tapia. Le pedías un ladrillo y te traía un martillo, le pedías la sierra y te traía un saco de tierra, le pedías un clavo y te traía un nabo, le pedías yeso y te traía un queso.

2 Fray Perico

UNA vez estaba fray Nicanor, el superior, barriendo la iglesia, cuando llegó un hombre rústico, gordo y colorado, llamado Perico. Llevaba un pantalón de pana atado con una cuerda. Miró al padre superior, se limpió la nariz con la manga y dijo:

—Déjame la escoba, hermano. Yo te ayudaré.

—Pero si ya he terminado.

—Pues barreré otra vez.

Así lo hizo, y al terminar se acercó al padre superior y le dijo:

—Me gustaría barrer la iglesia todos los días y ser fraile como vosotros.

El superior se agarró la barba un buen rato y repuso:

—Tendrás que pasar frío.

—Lo pasaré.

—Tendrás que pasar hambre.

—La pasaré.

—Y tendrás que dormir poco.

—¡Uf!, no sé si podré. Algunas veces me duermo de pie.

El abad se sonrió y le preguntó:

—¿Cómo te llamas?

—Perico.

El abad tocó la campana y los frailes acudieron de todos los rincones del convento y rodearon a Perico. Entonces el abad les enteró de que aquel hombre quería entrar en el convento. Los frailes, al verle tan colorado, tan rústico y con aquellos calzones de pana y aquellas botas, le preguntaron:

—¿Sabes leer?

—No.

—¿Sabes escribir?

—Tampoco.

—¿Sabes hacer cuentas?

—Sólo con los dedos.

—Entonces, ¿qué sabes hacer?

—Yo sólo sé contar cuentos muy bonitos.

Los frailes le dijeron que eso no servía para nada y se marcharon dando un portazo. Perico se quedó solo en la iglesia y se puso a llorar en un banco; le caían unos lagrimones tremendos. San Francisco se compadeció de él y le dijo:

—¿Por qué no me cuentas un cuento?

—¿Te gustan?

—Claro que me gustan. Estoy tan aburrido...

Perico le contó un cuento de un zapatero que hacía zapatos maravillosos cosiéndolos con la punta de su nariz, y San Francisco se partía de risa. Cuando estaba a la mitad del cuento llegaron a rezar los frailes y se extrañaron mucho al ver a Perico allí.

—¿Qué haces?

—Estoy contando un cuento a San Francisco.

—¡Eres tonto! ¡San Francisco te va a escuchar!...

Bueno, pues al día siguiente se lo encontraron otra vez delante del santo. Y se quedaron perplejos al ver que había traído una vaca y una cabra.

—¿Qué hacen aquí esta cabra y esta vaca?

—Se las he traído a San Francisco por si las quiere.

Los frailes miraron a San Francisco para pedirle perdón.

—¡Se está sonriendo! —dijo fray Simplón.

Los frailes se rascaron una oreja. San Francisco nunca se había reído.

—Está bien —dijeron—. Te puedes quedar en el convento.

Perico dio un salto y abrazó a todos los frailes. El padre superior le puso el hábito y le dio su bendición.

—Te llamarás fray Perico y tocarás la campana.

Fray Perico salió corriendo y tocó la campana con tanta fuerza que rompió la cuerda.

—Nos has hecho cisco la cuerda —dijeron los frailes—. ¿Qué hacemos ahora?

—Haremos un nudo —dijo fray Perico muy colorado.

CUANDO se despidió de su familia, que había venido a acompañarle, su padre lloraba y él lo consoló:

—No llores, padre, que San Francisco será un padre para mí.

Los hermanos también lloraban.

—No lloréis, hermanos. No me quedo solo. ¿No veis que tengo aquí diecinueve hermanos?

El padre superior les dio la cabra y la vaca para que se las llevaran. Ellos se fueron con bastante pena. Fray Perico, como era muy gordo, no cabía dentro del hábito. El abad le puso un hábito de fray Sisebuto. Fray Sisebuto era muy bruto. Una vez venía un toro desmandado y, de un puñetazo, le puso la cabeza al revés. Cuando se enfadaba daba unos portazos que los cuadros del pasillo se caían al suelo. Fray Perico, pues, se puso el hábito de fray Sisebuto, y fray Jeremías, el de la sastrería, tuvo que recortarle un palmo de tela, pues fray Perico era bajito.

3 Aprendiz de fraile

DESDE el primer día fray Perico quiso ser un buen fraile y se puso a hacer lo que hacían los demás. ¿Rezaban con las manos juntas? Rezaba él con las manos juntas. ¿Sacaban el rosario? A sacar el rosario. ¿Se rascaba uno una oreja? Fray Perico se rascaba una oreja. ¿Estornudaba fray Olegario? Fray Perico estornudaba. ¿Guiñaba los ojos fray Ezequiel? El también los guiñaba. El padre superior le regañaba por estas tonterías pero no se podía con él.

En la mesa observó que el abad, para hacer penitencia, tiraba la comida debajo de la mesa, y fray Perico la tiraba también. El gato de los frailes estaba gordísimo.

Una noche, estando todos los frailes roncando a pierna suelta, sonaron unos gritos:

—¡Me muero, me muero!

Todos los frailes, aterrados, saltaron de sus lechos y el padre superior preguntó:

—¿Quién se muere?

—¡Fray Perico!

—¿De qué te mueres?

—De hambre —contestó muy colorado.

El padre abad mandó a Fray Pirulero poner la mesa y dijo:

—¡Ea, vamos todos a cenar! Yo también tengo hambre.

Comieron todos a media noche, y el gato se despertó y comió también.

Como fray Perico no sabía hacer nada, los frailes le dieron una escoba. El frailecillo la tomó y empezó a barrer el convento de arriba abajo. Barría sin serrín y levantaba un polvo que a veces no se veía a los frailes por el pasillo. Fray Olegario, el bibliotecario, que tenía asma, tosía y tosía, y los frailes temían que se partiese por la mitad.

—¡Echa serrín, fray Perico, echa serrín!

Fray Perico echaba serrín por todos los sitios: por las paredes, por las sillas, por el techo, por las camas, por los platos... ¡No se podía con él!

—Vete a la cocina y ayuda a fray Pirulero.

Lo primero que hizo fray Perico al llegar a la cocina fue tropezarse con un barreño y caer de cabeza en el cubo de fregar el suelo. Fray Pirulero le regañó y le puso a pelar patatas. Aquel día había judías con patatas.

—Ten cuidado con las judías.

Fray Perico, pela que te pela patatas, contaba cuentos al gato, que, mientras tanto, se comía las sardinas de una fuente. Las judías empezaron a quedarse sin agua... sin agua... sin agua. Los frailes, que estudiaban, alargaron la nariz... la nariz... la nariz y dijeron:

—¡Se están quemando las judías!

Bajaron todos corriendo a echar agua, pero ya era tarde. Las judías, negras como el carbón, echaban humo como una locomotora...

—¿Qué comeremos hoy? —dijeron los frailes.

—Sardinas sólo —dijo el padre superior.

—¡Se las ha comido el gato! —dijo fray Perico.

—Comeremos pan a secas.

Fray Perico se puso muy colorado y fray Pirulero le regañó y le castigó de rodillas de cara a la pared. Al gato lo encerró en la carbonera. El padre Nicanor echó a fray Perico de la cocina y dijo a fray Cucufate:

—Desde mañana, fray Perico te ayudará a dar vueltas a tu chocolatera.

4 Fray Cucufate

FRAY PERICO, al día siguiente, dejó la cocina y se fue tan contento a dar vueltas a la chocolatera. Era un caldero muy grande lleno de chocolate. Fray Perico tomó el molinillo. Una vuelta, dos vueltas, tres vueltas, cien vueltas, ¡cataplum!, perdió el equilibrio y se cayó de cabeza dentro. Cuando fray Cucufate llegó no vio a fray Perico y gritó:

—Fray Perico, ¿dónde estás?

—¡Aquí, en el caldero! ¡Sácame que me ahogo!

Fray Cucufate le sacó con el cucharón, le apretó un poquito y a fray Perico le salió chocolate por las orejas. Todos los frailes se enfadaron mucho y le tuvieron que poner a remojo en una tinaja de agua caliente.

Otro día se le acabó el azúcar a fray Cucufate y mandó a fray Perico por un saco a la cocina. Como fray Perico no sabía leer se confundió con el saco de la sal, lo cargó en sus costillas y lo echó en el chocolate. Fray Cucufate le dio bien de vueltas, probó con el cucharón y por poco le dio un patatús.

Fray Cucufate, con lágrimas en los ojos, tuvo que tirarlo a las gallinas, que se pasaron cinco días poniendo huevos de chocolate. Fray Perico no daba una en el clavo, y fray Cucufate ya estaba hasta la coronilla de él. Lo peor fue otra vez que le mandó echar avellanas en el caldero, y fray Perico las echó con cascara y todo. El pobre fray Cucufate probó una onza, se rompió un diente y puso a fray Perico en la puerta:

—¡Vete a la iglesia y bárrela, que mañana es fiesta!

Fray Perico fue a la iglesia y empezó a barrerla. De pronto se oyó un disparo a lo lejos. Una paloma herida entró por la ventana y fue a refugiarse en los brazos de San Francisco. En esto llegó un cazador dando zapatazos y, viéndola, dijo:

—Hermano, esa paloma es mía y me la voy a llevar.

Fray Perico asió la escoba y echó al hombre fuera a escobazos. Luego, fray Perico llevó la paloma a la enfermería y la curó con yodo y esparadrapo. La paloma, así que estuvo curada, voló a refugiarse en los brazos de San Francisco. De allí no volvió a moverse si no era para posarse en los hombros de fray Perico.

Una tarde entró un moscón en la iglesia y picó a San Francisco en la nariz. Fray Perico se lió a escobazos y rompió dos jarrones. El hermano Balandrán, el sacristán, le echó de la iglesia y cerró la puerta. Fray Perico se fue donde estaba fray Ezequiel y le dijo:

—¿Quieres que te ayude?

—Sí, lleva este cubo y da de beber a las ovejas.

Fray Perico entendió mal y fue a echar agua a las abejas. Levantó las tapaderas de las colmenas y echó un chorro en cada una. De pronto, las abejas levantaron el vuelo y echaron a correr detrás de fray Perico. Una le picó en la nariz. Fray Perico gritaba mientras iba a toda velocidad camino del convento. Los frailes estaban rezando. Fray Perico entró en la iglesia por una puerta y los frailes tiraron los libros de rezos y salieron por la otra. Fray Olegario, el viejecito, era el que más corría. Saltaron por la ventana de la cocina y se tiraron de cabeza al estanque. Fray Pirulero se quedó viendo visiones, les regañó por correr tanto y dijo:

—¡Hermanos, a ver si otra vez salimos por la puerta!

Pero cuando vio las abejas, fray Pirulero se lanzó dentro de una tinaja de aceite. El gato llegó el último, bufando, y también se tiró al balsón. Las abejas se fueron a su casa protestando con un gran zumbido. Los frailes sacaron la cabeza y se fueron a la cocina a secarse. Y a fray Perico tuvieron que vendarle la nariz.

5 La escoba

ASI pasaban los primeros meses de fray Perico en el convento. Los frailes, aunque al principio no le querían porque no sabía leer ni escribir y porque todo lo hacía al revés, después empezaron a tomarle cariño por lo sencillo e inocente que era.

Una vez le mandó el padre superior, fray Nicanor, alto y seco como un espárrago... ¿Qué diréis que le mandó? Pues plantar una escoba en el huerto, para probar su obediencia.

¿Qué hubierais hecho vosotros? ¿Verdad que una escoba no se debe plantar? Es cosa de risa. Bueno, pues él la plantó, le echó estiércol y la regó. Todos los frailes se partían de risa y le decían cada mañana:

—Fray Perico, ¿ha echado flores la escoba?
—No, no. Tal vez mañana.

Los frailes se retorcían de risa por el suelo, hasta que un día salió el sol y la escoba estaba llena de flores.

No lo creéis, ¿verdad? Tampoco los frailes se lo creían; estaban turulatos y decían:

—¡Claro! Es tan inocente que Dios ha premiado su simpleza...

Luego, llevaron la escoba en procesión ante el altar de San Francisco, y el santo se sonreía pensando para sus adentros:

—¡Como este fraile debían ser todos! Buenos, sencillos, aunque no supieran leer ni escribir.

¡Tan, tan, tan! Es la hora de maitines. ¡Qué lata levantarse de noche! Los frailes bajan por las escaleras, muertos de sueño. Cada fraile lleva una palmatoria encendida, pues el convento está oscuro como la boca de un lobo. ¡Qué frío! Los frailes tiritan, meten la cabeza en la capucha. Fray Olegario va leyendo un libro gordo, como siempre, pero el pobre tiene sabañones y le pican. Pero se rasca con el bastón y dice:

—Todo por Dios, hermanos, todo por Dios.

Cada fraile da una campanada y entra en la iglesia. Diecisiete, dieciocho, diecinueve. Falta uno. ¿Quién será? Por allí viene, corre que te corre, un fraile con las sandalias en la mano. Es fray Perico. Se ha quedado dormido, como siempre.

¡Uuuuuuuu!... ¡Cómo silba el viento! Fray Perico tiene miedo. Está todo tan oscuro... Corre por las escaleras. Fray Perico rueda escalones abajo, toca la campana y se mete en la iglesia.

¡Despacito, fray Perico, despacito y no te verán! *¡Cataplum!* Se tropezó y se dio de narices en el suelo.

Los frailes rezan y ríen, rezan y ríen, y fray Perico, casi dormido, se pone a rezar. Luego se calla. Todos saben que se ha vuelto a dormir.

—¡Chist! ¡Más bajito! ¡Que el hermano Perico no se despierte! —dice el padre Nicanor...

6 *Las vacas sin cola*

FRAY PERICO tenía el corazón de manteca.
Estaba fray Pirulero enfermo. Llevaba un mes en
la cama y daba una lata tremenda.

—Fray Perico, tráeme la botella, tráeme la
almohada, tráeme la cataplasma, llévate este
plato...

Le dolía todo: la cabeza, los pies, las manos, el
riñón, el corazón, la nariz, las orejas, los dedos...
Por la noche, fray Pirulero no podía dormir si
fray Perico no le contaba un cuento. Una noche
se despertó y dijo:

—Yo estoy muy malo. Sólo me puedo curar
con una cosa.

—¿Con qué?

—Con una sopa de rabo de vaca.

Fray Perico no lo pensó un momento. Por la
mañana tomó un cuchillo, abrió la puerta y se
fue al monte. Vio unas vacas pastando, se acercó
de puntillas y, ¡zis, zas!, les cortó la cola. Las dos
vacas salieron corriendo detrás de fray Perico,
bufando y resoplando. Fray Perico corría cuesta

abajo camino del convento. Fray Cipriano, el hortelano, venía cantando por el camino con un cesto de tomates, tiró los tomates y salió de estampía. Fray Sisebuto estaba encendiendo la fragua, dio un brinco y subió por la chimenea. Fray Olegario, el viejecito, paseaba con su bastón, tiró el bastón y se subió a un árbol. Los demás frailes paseaban tranquilamente delante de la puerta del convento leyendo un libro, dejaron los libros y se subieron al campanario.

Fray Perico llegó al convento, dio un salto y se metió por la ventana de la cocina. Las vacas dieron otro salto y se metieron detrás. ¡Qué susto se dio fray Pirulero, que estaba haciendo una tortilla en la sartén! Lanzó la tortilla al aire y se pegó en el techo. Fray Pirulero dio un brinco y se metió en la carbonera con sartén y todo. El gato, al ver lo que se le venía encima, dio un bufido y desapareció. Siguio fray Perico corriendo por el claustro y salió al campo por otra puerta. A toda prisa la cerró. Llegaron las vacas y se llevaron las puertas por delante, haciéndolas astillas. Finalmente se perdieron en el horizonte entre una nube de polvo. En esto llegó el pastor, enfurecido, y empezó a romper cristales y a llamar ladrones a los frailes.

—¡Irán todos a la cárcel! —gritó a lo lejos.

Cuando llegó fray Perico, todo lleno de rotos, le regañaron mucho y le mandaron que pidiera perdón al pastor y a las vacas. Fray Perico se puso de rodillas delante del pastor y éste empezó a darle patadas. Fray Perico le animaba diciendo:

—Pégame más. Lo he merecido.

Al fin, el pastor se aplacó al ver la humildad de fray Perico y le dio un abrazo. El fraile se acercó a las vacas, les dio un beso en los morros y se fue al convento. Coció los rabos e hizo una sopa muy buena. Fray Pirulero se la tomó y se chupó los dedos.

Fray Pirulero se curó y fray Perico fue a dar gracias a San Francisco. Luego le pidió por las vacas:

—San Francisco, te pido que les crezca el rabo.

—¡Vaya cosas que pides!

—¡Claro! Si no, ¿cómo se podrán espantar las moscas?

—Es verdad. Pediré por ellas.

El santo se puso a rezar y, a los pocos días, a las vacas les salió una cola larga y muy bonita.

7 Los ratones

EL BUENO de fray Pirulero tenía un gorro blanco y un gran corazón. Pero le daban mucho miedo los ratones. Cuando veía uno se subía a una silla. Por aquellos días, cuando abría el saco de la harina, ¡pumba!, salían siete ratones. Iba a partir un jamón y asomaban los siete a la vez; metía la mano en el saco de las castañas y le clavaban los dientes los siete.

Uno era muy bigotudo, debía de ser el padre; otro, muy blanco, debía de ser la madre, con el pelo muy bien peinado. A fray Bautista le pasaba tres cuartos de lo mismo: dio un día al fuelle del órgano y salieron bufando otros siete ratones por un tubo. Salían por un tubo y se metían, con toda su poca vergüenza, por otro.

—¡Vaya música ratonera! —dijo fray Bautista.

Por la noche dormían en las teclas, los siete juntitos, cada uno en una nota. Bueno, a fray Silvino, el de la bodega, le salieron doce ratones de un agujero. Abrían la espita de una cuba con la cola, y echaban un buen trago. Luego bailaban encima de una mesa. A fray Silvino no le gustaba ni pizca aquello.

En la biblioteca había siete ratones sabios. Comían diccionarios y geometrías. Cuando escribía fray Olegario, metían el rabo en el tintero y le llenaban el libro de garabatos. Otros se subían por la pluma y le hacían cosquillas en la nariz.

Esto ocurría todos los días. Sí, hasta que un día se multiplicaron los ratones como las estrellas del cielo y las arenas del mar. Los siete de fray Pirulero se convirtieron en setecientos. Los de fray Bautista formaron una legión. Tocaba el órgano y, en vez de notas, salían ratones. Los doce de fray Silvino eran doce mil. Fray Olegario tenía que pedir permiso a los ratones para poder entrar en la biblioteca. Otros muchos se comían los colchones, las sandalias y mordían los pies a los frailes cuando estaban durmiendo.

Un día, el padre superior se puso la capucha y le salieron cinco ratones.

—¡Basta, manos a las escobas!

Los frailes tocaron a generala. Se armaron de escobas y zapatillas. El gato se afiló las uñas. Cada fraile se escondió detrás de una puerta. Fray Pirulero puso un trozo de tocino en medio del pasillo. Miles de ratones salieron de sus escondrijos oliendo a chamusquina. ¡La que se organizó! Escobazos por aquí, zapatillazos por allá, un fraile con un chichón, el gato dando saltos, los ratones dando chillidos. Fue una batalla encarnizada en la que los ratones llevaron la peor parte. Al ruido llegó fray Perico y se enfadó mucho:

—No tenéis corazón. Habéis matado a muchos indefensos ratones. ¡Dejad las escobas!

Fray Perico llevó a los heridos a la enfermería y los curó con yodo. Las patas rotas y los rabitos los pegó con cola de carpintero.

El entierro de los ratones muertos fue por la tarde. Iban todos los ratones vestidos de negro, llorando. Cada ratoncillo difunto era llevado a hombros de cuatro ratones. Los frailes iban detrás muy apesadumbrados.

Fray Perico, después del entierro, hizo firmar un papel a frailes y ratones, en el que se concertaba la paz. Los ratones se comprometieron a dejar el convento y marcharon a un pajar cercano, adonde fray Perico les llevaba todas las sobras del convento. Y os aseguro que durante muchos años vivieron tranquilamente, sin asomarse al convento nada más que el día de San Francisco, en que iban en peregrinación a saludar al santo moviendo el rabito en muestra de alegría.

8 *La feria*

UN DIA le mandaron al bueno de fray Perico a vender la miel a la feria de Salamanca. Fray Perico llegó a la ciudad cargado con los tarros de la miel. En la plaza, ¡qué jaleo de cestas, de gallinas, de patos, de quesos, de sandías, de ristras de longanizas, de barriles de aceitunas, de señoras, de guardias, de gitanos!...

—¡A la rica lechuga de la huerta del Cojo!

—¡Chorizos y pepinos de Vitigudino!

—¡Vendo patos, gordos y baratos!

—¡Ajos, ajos, ajos de Mimbres de Abajo!

—¡Higos, higos, higos de Ciudad Rodrigo!

—¡A la buena sartén! —chillaban los hojalateros dando sartenazos en el suelo.

—¡El paragüero!

—¡El sillero, vendo sillas!

—¡Vendo fuelles!

—¡Vendo peines y cepillos!

Fray Perico compró un paraguas para fray Olegario, un fuelle para fray Sisebuto, un peine para las barbas de fray Ezequiel, una sartén para fray Pirulero. No tenía brazos para llevar tantas cosas. Se sentó en el suelo y se puso a vender la miel.

—¡Vendo miel! A real la onza. Cura el hígado, la sordera, el sarampión; quita las arrugas y hace crecer el pelo.

A los cinco minutos ya no quedaba miel, y se puso a vender escapularios, estampas y medallas a grito pelado:

—Vendo a San Cucufate, que cura la sordera. Hermanos, vendo a San Pascual Bailón, que cura el sarampión.

Los chiquillos y las viejecitas le quitaban las estampas de las manos.

Cuando ya no le quedaba nada por vender, fray Perico guardó su dinero en una bolsa y se fue a recorrer la plaza. Había un grupo de gente que miraban como papanatas a un hombre barbudo de músculos de acero, grande como un buey.

—¡Soy Sansón, el hombre barbudo!

El barbudo cogía una piedra enorme que tenía a sus pies y la levantaba en vilo sobre sus hombros. Fray Perico estaba con la boca abierta. De pronto, el hombre dejó la piedra, se le acercó y le dio un abrazo tan fuerte que casi le parte por la mitad.

—¡Hola, fray Perico! ¿No me conoces?

—Sí, eres Sansón, el de la Historia Sagrada —repuso fray Perico tembloroso.

—No, hombre, soy Pascasio, el de tu pueblo. El hijo de la señora Niceta.

—¿Pero esas barbas tan largas?

—Son postizas.

—¿Y cómo puedes con esa piedra?

—Porque es de cartón —le dijo al oído.

Después de pasar un rato con él, fray Perico se despidió y siguió recorriendo la plaza. En una esquina, un hombre gritaba:

—¡Señores, soy el Tragalotodo, todo me lo como!

—Mirad cómo me trago estas tijeras.

—Mirad cómo me trago este martillo.

—Mirad este sombrero y este zapato.

Fray Perico se quedó embobado. El Tragalotodo le quitó la bolsa del dinero y gritó:

—¡Señores, vean cómo me trago las monedas!

El hombre hacía como si se las comiera, pero lo que hacía era guardárselas en una bolsa que tenía en el pecho. Fray Perico y toda la gente aplaudían. De pronto llegó Sansón furioso, pues lo había visto y no quería que engañasen a fray Perico.

—¡Devuélvale las monedas!

—No puedo, me las he tragado.

—¿Qué no puedes? Pues toma.

Sansón se lió a puñetazos con el Tragalotodo que soltó la bolsa que tenía llena de tijeras, cuchillos, botellas, monedas y otros mil objetos.

¡La que se armó! El Tragalotodo fue a caer en un carro de tomates, que se desparramaron por el suelo. Los muchachos se lanzaron por los tomates, los guardias daban con las porras, las gallinas volaban por el aire, los cerdos gruñían. Carreras por aquí, bofetadas por allá, un tenderete de botijos que se venía abajo, un puesto de huevos que se derrumbaba. Fray Perico tomó su bolsa, se la guardó en la capucha y se fue corriendo de la plaza con un ojo amoratado.

Camino ya del convento, venía echando sus cuentas.

Cuando pasaba por un bosque vio unos ladrones y pensó: «Estos ladrones vienen por mi dinero. Si les pido una limosna, creerán que no tengo. Así me dejarán en paz.» Escondió su bolsa en la capucha. El jefe de los bandidos, que era feo como un pecado, gritó:

—¡Manos arriba, hermano!

—¡Una limosnita por amor de Diooosss!

—¡Maldita sea mi sombra! —rezongó el bandido.

Los otros bandidos rechinaron los dientes y, de muy mala gana, rebuscaron en sus bolsillos. El jefe, muy enfadado, dejó su trabuco en el suelo y miró su cartera.

—Tome. No tenemos más que dos reales. Hoy no hemos robado nada.

—¡Vaya unos ladrones! —dijo Fray Perico, y siguió su camino.

9 *Los gitanos*

Caía la tarde; a un lado del camino había una tribu de gitanos que estaban pintando, con hollín de la chimenea, un burro flaco y desteñido. Como le faltaban muchos dientes, tapaban los huecos con cera; le arreglaron las patas y las orejas como sólo lo saben hacer los gitanos.

Al ver a fray Perico con aquella cara de bueno que tenía, quisieron engañarle y pusieron un cartel sobre los lomos del asno. Fray Perico vio el cartel y preguntó a los gitanos:

—¿Qué pone en ese cartel?

—Que se vende un burro barato con albarda; razón aquí.

—¿Y rebuzna?

—Pues claro, cuando tiene hambre.

—¿Y da coces?

—Claro que da coces.

—¿Le falta algún diente?

—Ni uno, nunca fue al dentista.

—¿Y es joven?

—Sólo hay que ver el pelo tan lustroso que tiene.

—¿Y anda?

—Vaya que si anda; pruébelo.

Fray Perico se montó en el burro; los gitanos le pincharon con un alfiler y el burro empezó a trotar con mucha fuerza; pero el fraile dijo: ¡*sooo!*, y el burro se paró, obediente.

—Lo compro. ¿Cuánto vale?

—Treinta reales.

—Ahí están.

Los gitanos los contaron y luego se despidieron del burro con muchos abrazos:

—Adiós, *Calcetín*; hasta siempre.

—Adiós, hermanos gitanos —gritó fray Perico.

Fray Perico cargó las alforjas y se montó sobre el burro.

Tracatá, tracatá, tracatá, el burro salió trotando. *Tracatá, tracatá, tracatá*, el fraile iba tan contento. En esto comenzó a llover. Gruesos goterones caían sobre el burro y sobre fray Perico. El fraile notaba que el burro se desteñía y tomaba un color muy feo. Poco después dejó de trotar y se derrumbó como una pared vieja.

Fray Perico le puso el termómetro y éste marcó cuarenta de fiebre. «Está grave», pensó fray Perico, preocupado. Le descargó la alforja y le ayudó a caminar. Subieron la cuesta y llegaron trabajosamente al convento.

¡Pom, pom, pom!

—¿Quién es?

—Soy yo, fray Perico. ¡Abre, abre pronto!

Tris, tras, tris... Abrió fray Baldomero los cerrojos.

—Pasa, pasa, fray Perico. Hace frío.

—Es que no vengo solo. Traigo, traigo... un amigo.

—Pues que pase. Cena tendrá y cama en esta casa.

Y fray Perico tiraba de un cordel y el amigo no quería entrar.

—Ayúdame, tira, fray Baldomero.

—Tendrá mucha vergüenza tu amigo. ¡Pobrecillo!

Después de mucho tirar, el borrico entró y fray Baldomero se quedó con la boca abierta:

—¡Pero si es un burro!

Luego, como un loco, salió corriendo a avisar a los demás frailes:

—¡Fray Perico ha traído un burroooo! ¡Un burroooo!

¡Qué carreras por los pasillos! ¡Qué abrir y cerrar de puertas! ¡Qué tropel de frailes! ¡Qué risas! Fray Olegario, el bibliotecario, el viejecito del bastón, tropezó, y dos, tres, cinco, ocho frailes cayeron por el suelo rodando escaleras abajo.

—¡Un burro! ¡Un burro! —gritaban. Los frailes, muy contentos, empezaron a estudiar el burro. Unos le miraban la dentadura; otros le miraban por las orejas, por si estaba hueco; otros le contaban las patas. Al verlo tan viejo, tan feo, tan sin dientes y tan enfermo, le preguntaron a fray Perico:

—¿Quién te lo ha regalado?

—Lo he comprado a los gitanos.

—¿A los gitanos? ¡Ave María Purísima! ¿Por cuánto?

—Por los treinta reales de la miel.

—¡Te han engañado! ¡Con la falta que hacía el dinero en el convento!

Los frailes, muy enfadados, mandaron a fray Perico a buscar a los gitanos para devolverles el burro. Luego cerraron la puerta y dijeron:

—¡Aquí no vuelvas sin el dinero!

El burro, al sentir cerrarse la puerta detrás de sí, comenzó a llorar. Fray Perico le secó los ojos con su pañuelo y lo consoló:

—No llores, hombre, yo no te abandonaré.

10 El borrico

COMO hacía frío, fray Perico llevó el burro a un pajar que había cerca y lo acostó en un montón de paja. Le puso el termómetro y marcaba cuarenta y dos grados de fiebre. Fray Perico no sabía qué hacer. Salió al huerto y vio que el convento estaba apagado. Los frailes se habían ido a la cama. Hacía mala noche y llovía. Fray Perico pensó que sólo San Francisco podía ayudarle y se fue a la iglesia. Abrió despacito la puerta y asomó la nariz. San Francisco dormía también, de pie, en su altar. Fray Perico quería mucho a San Francisco. Le limpiaba los zapatos con betún, le espantaba las moscas, le remendaba el hábito con hilo de zurcir, le traía flores, tomaba velas a otros santos y se las ponía a San Francisco, aunque los demás protestaban. Y San Francisco, ¡cómo quería a fray Perico!

El fraile se sentó humildemente a los pies de San Francisco sin decir nada. Se acurrucó como un ovillo a su lado. Empezó a sacarle brillo a un zapato con una manga. San Francisco pensó que fray Perico quería pedirle algo. Fray Perico le tiró del rosario y volvió a tirar. Después le agarraba del hábito. Tanta lata le dio que el santo bajó la cabeza y dijo:

—¿Qué quieres, fray Perico?

—Pedirte por mi burro.

—¿Pero tienes un burro?

—Sí, lo compré a los gitanos.

—Y ¿qué le pasa?

—Está muy malo.

—¿Dónde lo tienes?

—En el pajar.

—¿En el pajar? Mejor estaba en el convento.

—Ya lo sé. Pero los frailes no quieren. Lo han echado.

—¡Pobrecito! Yo pediré por él.

—No quiero que pidas; quiero que lo cures.

Fray Perico se agarró a sus hábitos, le asió los pies y tiró de él. El santo, al ver tanta fe, bajó del altar y dijo:

—¡Vamos corriendo!

Llegó San Francisco con la lengua fuera de tanto correr. ¡Hacía tanto tiempo que no se movía de su altar! El borrico estaba quieto, parecía de trapo. Al santo le dio lástima. Se arrodilló junto a él y puso su mano sagrada en la frente. El borrico abrió sus ojos, se desperezó, sacudió la cabeza y lanzó un rebuzno. Fray Perico, loco de alegría, se echó a los pies del santo besándole las sandalias. San Francisco se sonrió, tiró de las orejas al burro y se fue hacia la puerta.

—¡San Francisco!

—¿Qué?

—¿No podrías, no podrías?...

—¿Qué, fray Perico?

—¿No podrías ponerle el pelo blanco al borrico?

San Francisco se sonrió y le mandó traer un cubo de agua del pozo. San Francisco roció al borrico y el borrico fue tomando un color blanco blanco, como la nieve de una montaña. Luego empezó en seguida a comer paja.

—Ahora habrá que buscar el dinero —dijo fray Perico.

—Pues yo no tengo nada —respondió San Francisco.

—¿No tienes nada en el cepillo?

—Poco será. Toma la llave y mira.

Volvieron a la iglesia y miraron. Sólo había quince reales, y fray Perico quedó muy apenado.

—¿De dónde sacaré yo los quince reales que faltan?

—No te apures. Yo tengo mi anillo de oro.

—¿Cuál?

—El que me regalaron los del pueblo cuando los salvé de la peste.

—¡Es verdad!

—Podrías empeñarlo en casa del señor Hildebrando, el usurero —dijo San Francisco.

En esto se oyeron las pisadas de los frailes. Fray Perico tomó el anillo y salió corriendo a casa del usurero. Vivía éste en una buhardilla miserable.

—¡Qué mal huele! —dijo fray Perico. Le encontró contando su dinero en un rincón. Un baúl abierto, un candil en el suelo y muchas telarañas fue lo primero que vio fray Perico.

—¡Dios le guarde, señor Hildebrando! —dijo fray Perico.

El avaro guardó apresuradamente el dinero en el baúl, lo cerró y se sentó encima mirando a fray Perico con sus pequeños ojos de araña.

—¿Qué quieres? ¿Vienes a robarme?

—Vengo a pedirle quince reales.

El viejo dio un salto, abrazó el baúl con sus largos brazos y se puso blanco, luego amarillo y al final verde. Sus piernas temblaban y los dientes le castañeteaban:

—¡No, no, no! Ya sabes que soy muy pobre, muy pobre.

—Traigo un anillo de oro en prenda.

Entonces el avaro dio un brinco, como un saltamontes, y arrebató el anillo a fray Perico.

—¡Zambomba! —gritó el anciano, sacándole brillo con el gorro de dormir. Luego lo mordió para ver si era bueno y lo olió con su larga nariz.

—¡Es de oro! ¡Es de oro!

Luego abrió el baúl carcomido, sacó un calcetín de lana y contó quince reales varias veces:

—Uno, dos, tres, cuatro...

—¡Qué bueno es usted, señor Hildebrando!

—¡Bah! Me gusta hacer el bien... Cinco, seis, siete, ocho, nueve...

—¿Y cuándo tengo que devolverlos?

—El mes que viene. Si no, me quedo con el anillo.

Entonces dio los quince reales a fray Perico, que los metió en la capucha. Pero el avaro volvió a pedírselos y los contó otras dos docenas de veces por si se había equivocado. Luego escondió el anillo en el baúl y se sentó sobre él para dormir.

—¡Caramba! Huele tan bien el anillo... Algo así como a nardos y rosas.

11 ¡Fantasmas en el convento!

Y LOS frailes, ¡qué serios entraron en el comedor aquella mañana! Yo creo que estaban pesarosos por lo del borrico. En esto entró fray Perico, y los frailes, que comían, hacían así con las cucharas: *pom, pom, pom, pom, pom,* para acallar al gusanillo de la conciencia. Pero el gusanillo hacía *ris, ris, ris, ris, ris...*

Cuando fray Perico dio las treinta monedas a fray Nicanor, las lentejas se les atragantaron. Y un olor suave, como a nardos y rosas, comenzó a invadir el comedor; tanto que algunos frailes se marearon.

—¡Qué bien huelen las lentejas! —decían.
—No son las lentejas —dijo el cocinero.
—Entonces, ¿qué será?
—Las monedas que ha traído fray Perico.

Fray Perico se sentó, pero no probó sus lentejas. Cuando los frailes se marcharon a la iglesia, tomó el plato y salió corriendo al pajar. El borrico

43

le miró con alegría, y el fraile le dio las lentejas. Luego, despacito, lo sacó del pajar. Vio que fray Baldomero no estaba en la puerta y lo metió en el convento.

—¿Dónde lo esconderé? —Empezó a dar vueltas por los pasillos hasta que pensó: «Lo meteré en mi cama.»

Por la noche, cuando todos los frailes dormían, el burro empezó a rebuznar y a dar coces. Tiró el palanganero y una silla.

—¡Cállate, que nos van a oír!

Fray Perico, a toda prisa, puso una sábana sobre el borrico y lo sacó de la celda. Los frailes sacaron la cabeza despacito y se metieron debajo de la cama, con los pelos de punta. Al día siguiente, fray Simplón dijo asustado:

—¡Yo he visto un fantasma esta noche!

—¡Y nosotros también! ¡Qué miedo!

Los frailes bajaron todos juntos las escaleras agarrados de la mano y cantando para quitarse el miedo. A media mañana, fray Olegario se puso a escribir en la biblioteca. El burro asomó la cabeza por detrás de un armario, y el pobre fraile tiró la pluma y la silla y salió gritando. Fray Perico sacó el burro a toda prisa y lo fue a esconder en la carbonera. Fray Pirulero fue a llamar a los frailes a comer. El borrico salió de su encierro y se comió toda la berza que había en los platos.

—¿Dónde está la comida? —dijeron los frailes.

—Hace un momento la puse aquí —dijo el cocinero.

—¿Y si han sido los fantasmas? —preguntó fray Simplón.

—¡Los fantasmas no existen! —zanjó el superior.

—Pues en mi pueblo, una noche, dieron una paliza al alguacil.

—¿Es posible? —dijo fray Ezequiel.

—Y en el mío tocaban las campanas —añadió fray Pirulero.

En este momento empezó a sonar la esquila. Los frailes se asomaron temblando a la ventana y miraron a la torre.

—¡Está tocando la esquila sola! —exclamaron.

Fray Perico había metido el burro en la torre, y el animal se divertía tirando de la cuerda con los dientes. Fray Perico salió corriendo, dio un pescozón al borrico y lo llevó escaleras arriba.

—¿Dónde lo esconderé?

Los frailes llegaban a toda prisa, y fray Perico lo escondió detrás del órgano, donde había un hueco suficiente. Por la tarde llegó fray Bautista, dio al fuelle y empezó a tocar. El burro entendía de música, de cuando tocaba la trompeta con los gitanos. Cuando vio tantos tubos se acordó de su trompeta y, arrimando los hocicos al más gordo, dio un fuerte resoplido.

¡Puuuuu! Fray Bautista dio un salto y se quedó patitieso, con los pelos de punta. A los gritos llegaron los frailes, cada uno con una escoba; se acercaron despacito al órgano y miraron por una rendija:

—¡Qué fantasma más raro! Tiene unas orejas muy largas.

—Y tiene pelo.

—Y tiene rabo.

—Y tiene cuatro patas.

—¡Cómo que es un burro! —dijo fray Simplón.

—¿Un burro?

—Sí. El que trajo fray Perico.

—Pero si antes era negro.

—Pues ahora es blanco.

—Y antes estaba enfermo.

—Pues ahora está bien sano.

—Y antes no tenía dientes.

—Pues ahora los tiene bien largos.

—Pues no lo entendemos.

—Pues yo tampoco —terminó fray Simplón.

Los frailes, muy enfadados, llamaron a fray Perico. Le hicieron mil preguntas y él sólo respondía:

—No puedo decir nada.

Entonces los frailes, un poco tristes, castigaron a fray Perico a estar ocho días fuera del convento, pidiendo limosna. Fray Perico montó en el borrico y salió camino adelante. Fray Perico iba triste. Pero la gente le veía tan bueno e inocente que le socorrían de buena gana y le dejaban dormir en los pajares. También pedía limosna para rescatar el anillo de San Francisco.

12 El usurero

A LOS seis días de salir del convento, cuando hubo reunido quince reales, se dirigió a casa del señor Hildebrando, el usurero. Ató el burro a la puerta y subió las escaleras largas y crujientes. *Pam, pam, pam,* llamó, y el usurero abrió un ventanillo que tenía en el techo; vio a fray Perico y le echó un puchero de agua. *Pam, pam, pam,* volvió a llamar, y el viejo le echó otro puchero más grande.

—Hermano, por caridad, abra. Soy fray Perico.

—¡No quiero, márchate!

Fray Perico empezó a empujar la vieja puerta, pero el usurero resistía con todas sus fuerzas, echando espuma por la boca. Colocó detrás la cama, el palanganero, las sillas, el baúl.

—Le traigo el dinero.

—Tíralo por debajo de la puerta.

Fray Perico le echó los quince reales y le gritó:

—Ahora déme el anillo.

—¡Ja ja, ja! Tonto, más que tonto, no te lo daré. Ese anillo es de oro y debe tener algún gran poder, porque por la noche relumbra y me ahorro el candil.

—Señor Hildebrando, abra, abra.

—No abriré.

Y el viejo le vació por el ventanillo un saco de harina que puso perdido a fray Perico. Y luego un paquete de sal, y al final media botella de vinagre y una bota. Fray Perico salió a la calle abatido. Desató el burro y se fue a la posada del *Gallo Verde.*

El tío Zanahorio, el posadero, era un hombre más gordo que fray Perico y fray Tiburcio juntos, calvo y con la nariz sonrosada y peluda como una zanahoria. Al ver al fraile le abrazó con grandes aspavientos y manotazos porque le quería mucho.

—¿De dónde vienes, fray Perico? Pareces un albañil.

—De casa del usurero; me tiró un saco de harina.

El posadero se santiguó tres veces y le dijo en voz baja:

—No vuelvas por allí. ¿Sabes lo que tiene?

Fray Perico dijo que no sabía.

—Tiene lepra.

—¡Pobre hombre!...

—¿Pobre hombre? Dios le ha castigado. Tiene al pueblo ahogadito de deudas. Nadie quiere ir por su casa. Se morirá como un perro.

Fray Perico no dijo nada; pidió al posadero

una cuerda, una escalera y un trozo de cecina; cogió el burro de la cuadra y corrió muy apenado a ver al usurero.

—¡Pobre señor Hildebrando! ¡Buena le ha caído! —iba pensando.

Fray Perico llegó junto a la tapia trasera del corral del usurero, se subió sobre el burro y trepó como pudo por la pared. El perro famélico que tenía el viejo le mordía en los zancajos y tiraba del borde del hábito dando unos ladridos terribles. El fraile le echó el trozo de cecina para que se callara y se calló mientras saciaba su hambre de tres meses. Fray Perico gateó por el tejado llevando a hombros la escalera y, aunque procuraba no hacer ruido, no podía evitar que se cayeran algunas tejas, que se rompían en el suelo con estrépito.

La chimenea sobresalía en el tejado tres metros; era de ladrillo y estaba sucia de hollín. Fray Perico colocó la escalera y subió a la cima de la chimenea, ató la cuerda y comenzó a deslizarse con mucho trabajo.

—Alguien viene a robarme por el tejado —pensó el usurero levantándose tembloroso del lecho. Tomó la escopeta que tenía en la pared, sacó del baúl su remendado calcetín con las monedas, lo escondió en su camisón y se metió debajo de la cama, asustado como una gallina.

De pronto, la soga se partió y el fraile fue dando tumbos entre una nube de polvo negro y espeso. Cayó sentado entre los pucheros de la cocina, lleno de cardenales y con un chichón en la cabeza.

—¡Cuánta limpieza hace falta en esta casa! —pensó fray Perico al ver el desorden y la mugre de los pucheros.

Se levantó, se aplastó el chichón con una perra gorda y subió por una escalerilla oscura al cuarto del usurero; despacito, abrió la puerta y asomó la nariz.

Al usurero le temblaba la escopeta en la mano al ver asomar por la puerta aquella nariz; apuntó con la destartalada escopeta y, ¡pim!, ¡pam!, el jamón que colgaba en el techo cayó al suelo con dos agujeros redondos.

—¡No me mate, soy Fray Perico!

—¿Por dónde has entrado?

—Por la chimenea.

—¿Venías a robarme?

—No, vengo a curarle.

—¡Ah, ya te contaron que estoy leproso! Vendrás a echarme un sermón. ¡Márchate!

El avaro salió de debajo de la cama, se fue corriendo a tomar el jamón, lo limpió con el cepillo de los zapatos y lo puso debajo de la almohada. El viejo estaba muy delgado, llevaba vendas por los brazos y daba pena verlo. Se metió en la cama y tiró una zapatilla a fray Perico para que se marchara. Fray Perico se enfadó y se la tiró al usurero a la cabeza mientras abría el ventanuco para que entrara el aire. El avaro dijo:

—No te gusta este olor, ¿eh? Pues cierra, que tengo frío.

—No quiero.

—¿Qué buscas ahora?

—Busco astillas para encender la lumbre.

—No, me engañas. Tú buscas el anillo para llevártelo, pero no lo encontrarás.

Fray Perico encendió las astillas con el candil y armó un gran fuego en la estufa. Luego calentó agua en una marmita y echó dentro aceite, sal y hojas de laurel.

—¿Qué haces ahora?

—Hago un bálsamo para curarle.

—Yo no quiero bálsamo. Yo quiero morirme.

—Pues yo no le dejaré —dijo fray Perico. Y lo asió de una pierna y lo sacó de la cama a la fuerza. Luego lo metió en el barreño y lo curó, quieras que no. Le quitó los vendajes y fue lavando con una esponja las heridas con mucho cariño y cuidado. De cuando en cuando le tenía que dar un puñetazo para que se estuviera quieto. Al final le frotó con vinagre, le puso vendas nuevas, le cambió las sábanas, le mulló el colchón y le dio de cenar una sopa de patatas y un trozo del jamón que había escondido debajo de la almohada.

—Lo guardo ahí para que no me lo coman los gatos —dijo el señor Hildebrando.

El viejo se echó más confortado en la cama y quiso dormir.

—Apagaré el candil —dijo fray Perico—, así dormirá mejor.

—¡No, no! Así que apagues el candil te escaparás con el anillo. Algo mágico tiene que brilla por la noche. Si apagas lo encontrarás.

—Sé donde está —dijo fray Perico—. Está en aquel rincón, debajo de un ladrillo.

—¡Ah! ¡Luego venías a robarme!

—No, voy a ponérselo debajo de la almohada. Así no tendrá que temer.

—Dices bien. Tráemelo y dormiré con él.

13 El anillo prodigioso

FRAY PERICO trajo el anillo y se lo puso en el dedo al avaro, y luego apagó la luz. Un tenue resplandor iluminaba la estancia como si un gusanillo de luz estuviese escondido debajo de las sábanas. El usurero dormía profundamente. Tenía el anillo bien apretado en la mano para que el fraile no se lo quitara. Fray Perico abrió del todo el ventanuco a fin de que entrase la luz de la luna. Miró al enfermo y vio su cara hinchada y rugosa.

—¡Cuánto debe sufrir! —pensó.

Fray Perico se fue a fregar los cacharros y barrer el suelo mientras pedía de todo corazón a San Francisco que curara a aquel hombre.

—San Francisco, mírale qué feo está. Todo el mundo dice que es un cascarrabias y un usurero, pero a nosotros nos prestó los quince reales para el burro.

En ese momento despertó el enfermo, pidió agua y miró debajo de la almohada. ¿Sabéis por qué? Porque era un desconfiado y quería saber si fray Perico se había llevado su jamón.

—No —dijo—. Aquí está. Y tú también, fray Perico; estás esperando a que me muera para robarme.

Luego miró el anillo para verlo brillar y dio un grito terrible:

—¡Dios bendito! ¿Es posible? ¡Se ha curado! ¡Mira, fray Perico: mi mano podrida se ha curado!

—¡El anillo! —exclamó fray Perico— ¡Es el anillo el que le ha curado! ¡Dios sea bendito!

—¿El anillo? Ya decía yo que tenía algo mágico. ¿Quién te lo dio, fray Perico?

—San Francisco, San Francisco me lo prestó para comprar mi borrico.

Entonces el viejo se frotó tembloroso sus heridas en él; según las tocaba se iban curando y su piel quedaba limpia.

El avaro salió disparado escaleras abajo con su gorro de dormir y su camisón blanco:

—¡Me he curado! ¡Me he curado!

Fray Perico iba detrás dando tantos gritos y saltos que hicieron despertar a todos los vecinos del pueblo. Estos brincaron de la cama y se restregaron los ojos por si estaban soñando. No, no soñaban. Allí estaba en la plaza el señor Hildebrando, que jamás salía de su casa, subido en el pilón de la fuente y gritando:

—¡Venid, venid, vecinos: San Francisco me ha

curado! ¡Voy a devolveros todo, pues no quiero que me llaméis usurero!

Mientras, fray Perico tocaba la campana de la iglesia y la gente bajaba en tropel a la plaza; se abrazaban unos a otros y miraban asombrados al usurero como si acabara de descender del cielo.

El tío Zanahorio salió de la posada en calzones alumbrándose con un candil, e invitó a todos a beber gratis en su taberna.

El usurero subió luego a su casa, abrió su baúl y repartió el dinero robado a cada uno; distribuyó también la ropa y otros objetos a sus dueños.

—Esta chaqueta es del tío Carapatata.

—Estas botas, de Aurelio, el Pistolas.

—Esta sartén, de la Castaña, la tuerta.

—Estos pantalones, del señor Zanahorio.

Luego tomó el jamón y el anillo y dijo:

—Toma, fray Perico, mi jamón por haberme aguantado. Y este anillo se lo devuelves a San Francisco de mi parte. Y le dices que iré a darle las gracias por lo que ha hecho por mí.

En esto bajaron los frailes presurosos al oír la campana y el jaleo, y se enteraron de pe a pa de todo lo ocurrido en el pueblo con fray Perico y el usurero. Y muy apenados por el mal que le habían hecho, se acercaron a él:

—Perdónanos, hermano. Hemos sido unos alcornoques sin pizca de caridad.

Fray Perico, muy humilde, se estaba comiendo su jamón en un rinconcillo, y los abrazó diciendo:

—¿Sabéis una cosa? Ya tenemos un nuevo fraile en el convento. Lo tengo atado ahí abajo.

Los frailes se rascaron la coronilla:

—¿Quién será y por qué lo tendrá atado?

Fray Perico corrió a la calle, subió al borrico por las escaleras y dijo:

—Aquí está. Se llama fray Calcetín.

—¡Ah! ¡Pero si es el borriquillo!

Los frailes rieron de buena gana, abrazaron a su nuevo *hermano* y pidieron muchas veces perdón a fray Perico por lo del burro. Luego subieron muy contentos al monasterio, y todos se pegaban por ir montados en el burro.

—Debo montar yo, que para algo soy el superior.

—No, no. Yo, que so-soy tar-tar-tar-ta-ta--mu-mu-do.

—No, no. Yo, que para algo soy el organista.

—No, no. Yo, que para algo soy el cocinero.

Y mientras discutían, fray Olegario se subió en el burro diciendo:

—Monto yo, que para algo tengo noventa años.

A todos les pareció lo más justo, pero en medio del camino dijeron:

—¿Y si se cansa el burro?

—Es verdad. Me bajaré —dijo fray Olegario.

Entonces fray Sisebuto, el herrero, que doblaba una barra de hierro con los dientes y levantaba piedras de cien kilos, tomó al burro en brazos y lo subió al convento.

—¿Pesa mucho? —le decían.

—¡Que va! Podría llevar media docena más.

Así que llegaron, los frailes entraron en la iglesia a rezar y vieron a San Francisco con una cara de guardia que asustaba. Humildicos y pesarosos rezaron con la cabeza gacha.

Después de rezar, levantaron la cabeza. ¡Pero que si quieres! San Francisco seguía más serio que un ocho. Los frailes se miraban apenados. De pronto, San Francisco comenzó a reír y a mirar con los ojos alegres, como aquel día en que se durmió fray Perico rezando.

Glu, glu, glu —se oyó en el silencio—. Volvieron la cabeza los frailes y, ¿qué diréis que vieron? Pues al borrico, que estaba metiendo los hocicos en la pila del agua bendita, y a fray Perico, que le daba en las orejas con una vela.

—¡Quita, Calcetín! Eso es un pecado muy gordo.

Al ver reír a San Francisco, los frailes saltaron de gozo y presentaron el borrico al santo y besaron al burro en las orejas. Aquel día fue un día muy feliz para San Francisco y los frailes, para fray Perico y su borrico.

14 Un fraile más

TRANSCURRIERON unos días maravillosos. Calcetín era un frailico más. Dormía en una cama de madera. Se levantaba a las seis. Comía en la mesa con los frailes, pero no creáis que comía paja, sino berzas, lentejas y bacalao; el agua casi no le gustaba. Prefería el vino. Pero ningún fraile quería estar a su lado porque al menor descuido le comía su comida. En la huerta estaba encargado de la noria, pero como los frailes lo querían mucho, fray Tiburcio, el herrero, se enganchaba él a la noria. Mientras tanto, el burro dormía la siesta al lado de fray Perico.

Y una gran paz, una gran alegría comenzó a reinar en el convento.

El borriquillo, que tenía su celda al lado de fray Perico, era el primero que se acostaba, y todos los frailes iban a darle las buenas noches. Le llevaban una zanahoria, una hoja de lechuga, una naranja, un puñado de higos. ¡Qué pelmazos! Le arreglaban la almohada, le mullían el colchón, lo arropaban bien con las mantas y fray Perico le

contaba un cuento para que se durmiera. Daban las nueve y ya estaban los frailes roncando. El que más roncaba era fray Perico. Hacía un ruido como una trompeta vieja. Los frailes se levantaban enojados porque Calcetín podía despertarse con aquellos ronquidos. *Pom, pom, pom*, daban golpes en la puerta.

El único que no dormía era el padre superior, que se pasaba muchas noches rezando el rosario o echando las cuentas del convento.

¡Kikirikı! Los frailes, tiritando, saltaban de la cama y corrían por el pasillo para entrar en calor. Bien lavados y peinados, iban a despertar al borrico, le daban los buenos días, le lavaban la cara y las orejas y luego lo secaban y lo peinaban.

Fray Perico no quería levantarse. El burro tiraba del colchón con los dientes y echaba a fray Perico al suelo. El pobre fraile se levantaba con los ojos cerrados, se ponía las zapatillas al revés, se llevaba una sábana creyendo que era una toalla, en vez de jabón asía una onza de chocolate, se lavaba con un dedo, se limpiaba los dientes con el cepillo de los zapatos, y se volvía a meter en la cama con zapatos y todo.

¡Dan, dan, dan! Los frailes tocaban uno por uno la campanilla al entrar en la iglesia. Pero ya no eran veinte campanadas: eran veintiuna, porque fray Calcetín también tiraba de la cuerda con la boca. Entraba en la iglesia y se colocaba en un sitio al lado de San Francisco.

El buen San Francisco sonreía tiernamente al verlo.

Esa era la vida apacible del convento uno y otro día. Todos estaban contentos, nada turbaba aquella paz. Hasta que llegó el invierno. Nevaba copiosamente aquellos días. En el convento, los frailes se ponían papeles debajo del hábito para resisitir el frío, y encendían astillas por los rincones. Todos tenían sabañones. Todos. ¡Hasta el borrico, en las orejas!

En la huerta, los frailes hacían batallas con bolas de nieve; todos tenían algún chichón en la cabeza. En la biblioteca no había quien parase, y fray Olegario no podía escribir porque se le helaba la tinta.

San Francisco tiritaba en su altar, y fray Perico se quitaba una manta por la noche y la ponía sobre los hombros del santo.

15 El lobo

LOS PASTORES estaban aterrados: un lobo grande y hambriento había llegado de la sierra acosado por el hambre, atacaba a los ganados y se comía las ovejas, las gallinas y todos los animales que encontraba.

Por la noche se le oía aullar, y los aldeanos se acurrucaban en la cama, con los pelos de punta. Un guarda perdió al correr el sombrero y los zapatos, y el lobo se los comió sin dejar más que los cordones.

Los frailes temían por Calcetín. Por la noche hacía uno guardia con una estaca, en la puerta; por la mañana no le dejaban salir a la huerta y, si salía, iban todos alrededor, cada uno con una escoba.

Así estaban las cosas cuando un buen día el lobo desapareció; ya no entraba en los corrales, ya no se encontraba ninguna oveja despedazada, ya no había rastros por la nieve. ¿Se habría muerto de frío?

Una tarde, fray Perico fue a vender cacharros al pueblo. Cuando volvía con un jamón que le habían regalado, vio al lobo pillado en un cepo. Lanzaba unos aullidos lastimeros, pero en la boca le asomaban unos colmillos horribles de grandes y los ojos parecían dos carbones encendidos.

Tentado estuvo el fraile de echar a correr, pero pensó que los vecinos eran muy rencorosos y matarían al lobo sin piedad cuando lo vieran indefenso. Entonces le echó el jamón, y el lobo se lo comió en un santiamén, con hueso y todo; después se relamió y abrió la boca por lo menos tres cuartas. «Tiene hambre —pensó fray Perico—. Si lo suelto no le costaría mucho comernos al burro y a mí sin dejar ni los huesos; pero tengo que soltarlo, pues si no, se morirá sin remedio.»

De pronto se acordó de que llevaba en el bolsillo el rosario de San Francisco. Lo sacó con mano temblorosa y rezó lo menos doscientos o trescientos rosarios, pidiendo a San Francisco por el lobo. Muy despacio, muertecito de miedo, se acercó al animal y le ató el hocico con el rosario de San Francisco. El lobo podía haberle dado un mordisco, pero se estuvo quieto y apagó el fuego de sus ojos. Alguna virtud extraña tenía aquel rosario.

El fraile abrió el cepo que aprisionaba las patas del lobo, le curó como pudo las heridas con su pañuelo y le dijo:

—¿Te vienes al convento?

El lobo dudó un poco, pero siguió a fray Perico que, montado en el burro, tomó la cuesta abajo. Unos leñadores, cuando vieron al lobo detrás de fray Perico, tiraron las hachas y se subieron a un pino muy alto. El tío Carapatata, el molinero, se metió en un saco de harina. El tío Pistolas, el cojo, tiró las muletas y llegó más deprisa al pueblo que cuando tenía las dos piernas sanas.

Y fray Perico llegó al convento con el lobo detrás y corrió a la iglesia a dar las gracias a San Francisco.

—Mira quién está aquí —dijo fray Perico—. Si no es por tu rosario, no nos deja ni la capucha.

—Acércate —dijo San Francisco. Y el lobo, temblando, se acercó a sus pies con el rabo entre las piernas.

—¿Cuántas ovejas te has comido?

El lobo no respondió. Fray Perico echó las cuentas con los dedos en un libro donde tenía todo apuntado con rayajos y palotes.

—Treinta y siete se ha comido en un mes —dijo al fin el fraile.

—¿Y cuántos cerdos has devorado, hermano lobo? —siguió San Francisco.

—Dieciocho —dijo fray Perico.

—¿Y cuántas gallinas?

El lobo no contestó, sino que se escondió detrás de fray Perico.

—Doscientas treinta y cinco —dijo fray Perico.

—¡Qué barbaridad!

—Tenía hambre, padre Francisco —intercedió el fraile en favor del lobo—. Yo también, cuando tengo hambre, le quito las cosas a fray Pirulero.

—Ya, ya lo sé. ¿Qué te parece a ti si el lobo te comiera una pierna?

—Sería horrible.

—Pues también es horrible que se coma las ovejas, las gallinas y los cerdos como si tal cosa.

—No lo volverá a hacer, Padre Francisco...

—Eso espero.

Entonces el lobo, que estaba acurrucado en un rincón, echó muchos lagrimones por los ojos, se acercó a San Francisco y le puso una pata en las sandalias para mostrar su arrepentimiento.

—De hoy en adelante dormirás en el monte —ordenó el santo—, y todos los días vendrás al convento a comer. Fray Perico cuidará de ti.

Fray Perico lo abrazó muy contento, luego lo ató con el cíngulo y se lo llevó a la cocina para darle de comer. Por los claustros encontraron a fray Olegario apoyado en su bastón; como era tan corto de vista, le pisó el rabo al lobo y éste le dio un mordisco en el hábito y le hizo un siete.

—Quieto, hermano lobo —dijo fray Perico.

El padre Olegario, cuando se puso los anteojos y vio al lobo con aquellos dientes tan grandes, tiró el bastón y salió dando zancadas por el pasillo. Subió las escaleras de cuatro en cuatro para encerrarse en la biblioteca. Poco después, fray Sisebuto dobló una esquina con un saco de carbón para la fragua y se tropezó con fray Perico que regañaba al lobo por tener tan mal genio. Fray Sisebuto dio un salto, tiró el saco y fue a esconderse en el fondo de la carbonera.

Estaban los demás frailes comiendo en el comedor, y fray Perico dijo al lobo:

—Ven, comerás con mis hermanos. Hoy tenemos patatas con arroz y te gustarán.

Al llegar, los frailes regañaron mucho a fray Perico:

—¿Cómo has tardado tanto? Teníamos miedo por ti y por Calcetín.

—He tardado porque me encontré a un amigo en el camino. Tiene hambre.

—Dile que pase y que coma —dijo fray Pirulero yendo por un plato a la cocina.

Fray Perico dijo:

—Entra, hermano lobo.

Al ver los frailes al lobo tiraron las cucharas, las sillas y los vasos y salieron corriendo. A fray Pirulero, que llevaba una pila de platos, se le cayeron todos al suelo. Los frailes, unos se metieron en el horno del pan, que estaba apagado; otros se subieron a lo alto del campanario; fray Bautista se encaramó encima del órgano; fray Silvino se metió en una cuba llena de vinagre y tapó la boca con una tapadera. El lobo estaba

68

apesadumbrado por lo ocurrido, bajó la c
pensó:

—Esto me pasa por ser tan malvado; todos me huyen, tienen miedo de mí.

Fray Perico lo consolaba:

—Hermano lobo, no estés triste. Cuando vean que eres bueno te querrán como yo.

En esto llegaron todos los hombres del pueblo, armados de escopetas, hoces, palos y sillas para matar al lobo y librar a los frailes, que tocaban las campanas a rebato pidiendo auxilio. Salió fray Perico seguido del lobo y todos se subieron a los árboles o se lanzaron al balsón tirando las escopetas, llenos de miedo.

16 El arca de Noé

CUANDO los aldeanos vieron al lobo sentado junto a fray Perico, royendo un hueso, se quedaron sorprendidos; las gallinas picoteaban a su lado. Los frailes y los vecinos se acercaron poco a poco y dieron gracias a Dios por el maravilloso cambio del lobo. Desde entonces, el lobo entraba en el convento todos los días, dormía en el monte y los vecinos no le temían. El único que le tenía miedo era fray Olegario, desde que el lobo le hiciera un siete en el hábito por pisarle la cola. Si lo veía, se subía en una silla para no pisarlo y no se bajaba hasta que no estaba bien lejos. También fray Pirulero le tenía respeto al verlo con aquellos dientes y aquel pelo. ¡Qué diferentes eran el gato y el borriquillo de este otro animalote! Al gato le daba un escobazo y salía haciendo *¡fu!* por la ventana; al lobo le atizaba con el hierro de la cocina y el que tenía que salir corriendo era fray Pirulero.

¡Pobre fray Pirulero! Siempre tenía que tener la cocina cerrada, apestando a humo, pues cuando no era fray Perico que robaba las chuletas, era Calcetín que se comía las natillas, o el lobo que tiraba de una ristra de chorizos, o el gato que se llevaba las sardinas por docenas. ¡Y en la mesa ya no se cabía!

—Parece el arca de Noé —decía fray Sisebuto, que tenía a su derecha a Calcetín, a su izquierda al lobo y en los hombros al gato.

A veces se colaban por la ventana las gallinas y se ponían a picotear encima de la mesa, a beber en los vasos y a comerse los garbanzos, y los frailes se quedaban sin probar bocado por culpa de fray Perico, que se enfadaba mucho si alguno las espantaba.

Y en cuanto al lobo, ¡qué manera de comer, qué poca educación, qué glotonería! Parecía que no había comido en su vida. No usaba cuchara, ni tenedor, ni cuchillo, no se ponía servilleta, tiraba la comida con la pata al suelo y la devoraba a bocados. Hacía mucho ruido cuando sorbía el caldo y se zampaba el postre con cáscara, ya fueran melones, plátanos, castañas o nueces. Fray Perico le regañaba y le daba algún capón que otro, pero nada conseguía.

De todas maneras, el lobo no volvió a comerse ni una gallina ni una oveja, como lo había prometido, y solamente una vez le rompió los pantalones al tío Carapatata por darle una piedra en lugar de un trozo de pan. Pero, en cambio, una vez que venía el señor Hildebrando de recoger la remolacha y se cayó al río, el lobo lo sacó de las aguas revueltas cogiéndole con los dientes por los calzones de pana.

El lobo murió muy viejo, muy viejecito, tan viejo que se le habían caído los dientes y Fray Perico le tenía que dar papilla de guisantes. Un día se dio un atracón de pepinos, que le gustaban mucho, y murió tranquilamente, rodeado de todos los frailes y vecinos que lo lloraron bastante. Fray Perico lo enterró junto a un abeto del camino.

Así iban pasando los años por el convento. Fray Perico era cada vez más inocente y más bueno; el burro estaba cada vez más blanco y más gordo.

Cuando murió el lobo, el convento quedó un poco triste. Los frailes, después de cenar, recordaban las andanzas del animal por el convento. Fray Pirulero contaba que un día dio un salto de siete metros y se llevó un jamón que tenía colgado del techo de la despensa. Fray Bautista, el organista, se acordaba con lágrimas en los ojos de cuando el lobo le pasaba con la pata las hojas de sus partituras. Fray Sisebuto se acordaba de cómo manejaba el fuelle de la herrería, tirando de la cadena con la boca. Fray Cucufate se enternecía cuando contaba que el lobo movía con la cola el molinillo del chocolate.

Y a fray Olegario se le hacía un nudo en la garganta cuando se miraba el hábito y veía el siete que el animal le había hecho por pisarle la

cola. Fray Perico tenía los ojos enrojecidos de tanto llorarle, pues cada rincón del convento le traía recuerdos imborrables del animal.

Pero como el lobo había muerto bien cuidado y rodeado de cariño, el dolor de los frailes no era amargo, sino dulce y consolador. El lobo había muerto arrepentido y con la bendición de San Francisco, y eso era un gran consuelo.

Además, ¡había tantas cosas donde poner el cariño y el amor de aquellos veinte frailes barbudos y bondadosos! ¡Había tantas gallinas, patos, corderos, hormigas, flores, plantas, árboles, que necesitaban su ayuda y atención! Y, sobre todo, estaba el borrico, que con sus travesuras hacía las delicias de la comunidad.

La vida, pues, siguió su curso. Los frailes siguieron levantándose antes de salir el sol, y el día seguía desgranándose, monótono y pausado, como las cuentas de un rosario.

A fray Perico le costaba sacar al burro de la cama. Ya en la capilla, los frailes hacían sus largas oraciones arrullados como siempre por los ronquidos de fray Perico.

Después salían los frailes de la capilla. Un tufillo a chocolate llegaba del comedor. Calcetín salía corriendo, pero el cocinero tenía tapada la chocolatera. Mientras rezaban, el borrico se comía los bizcochos de su vecino fray Sisebuto. Fray Perico le ponía la servilleta a Calcetín y le llenaba la escudilla con cinco cazos de chocolate. Después

74

del desayuno, todo el convento se llenaba de ruidos. Fray Sisebuto, el herrero, encendía la fragua. Machacaba en el yunque con su enorme martillo: *¡tic, tac, tic, tac!* Calcetín le ayudaba tirando del fuelle de la fragua con los dientes.

Fray Gaspar, el del tejar, hacía tejas.

Fray Ezequiel cuidaba de las abejas.

Fray Bautista daba la lata en el órgano.

Fray Opas cepillaba con su garlopa.

Fray Jeremías cosía calcetines en la sastrería.

Fray Simplón se pillaba los dedos con el martillo.

Fray Pirulero pelaba patatas para el puchero.

17 Sopa de letras

NINGUN fraile estaba ocioso. Cuando daban las nueve, los monjes iban a la biblioteca. Allí había libros de todas las clases: gordos, flacos, azules, amarillos. Todos muy viejos. Todos llenos de polvo. Había uno que pesaba una tonelada; para pasar las hojas tenían que emplearse dos frailes. Era la historia del convento.

Fray Pirulero leía un libro de cocina.

Fray Ezequiel, la vida de las abejas.

Fray Pascual, la vida de las gallinas.

Fray Perico, como no sabía leer, se sentaba en un rincón a hojear los libros de santos. El burro se sentaba a su lado.

Pero los frailes no podían leer tranquilos. Fray Perico no hacía más que preguntar y preguntar.

Hasta que un día el padre Nicanor se hartó de oír pasar hojas y hojas a fray Perico y dijo:

—¡Es una vergüenza que un fraile no sepa leer ni escribir!

—Es verdad —dijeron todos—. Hay que ver qué herejías suelta en el rezo y qué letanías inventa. ¡Los santos se tapan los oídos cuando empieza!

—Desde mañana, que aprenda a leer con el padre Olegario —ordenó el superior.

El padre Olegario se puso blanco como el papel, pero agachó resignado la cabeza. Sabía lo cerrado de mollera que era fray Perico, incapaz de rezar el *Padrenuestro* sin mezclarlo con el *Credo* y los *Siete pecados capitales*, la *Salve* y el *Yo pecador*.

Fray Perico compró un lápiz y un sacapuntas, y fray Olegario le puso a hacer palotes como si fuera un chiquillo. ¡Qué palotes! Parecían culebras y renacuajos. ¡Qué sietes! ¡Qué agujeros en el papel! El burro le ayudaba a veces borrando con su áspera lengua los garabatos mal hechos, pues fray Perico no tenía goma.

Lo peor era leer. Fray Perico se armaba un lío tremendo entre la *ele* y la *elle* y la *uve doble* y la sin doblar.

¡Qué paciencia la del pobre fraile, que tenía que dejar sus libros y diccionarios para escuchar las barbaridades de fray Perico!

Para éste una *efe* no era una *efe* sino el padre Nicanor, el superior, que sobresalía de entre todos por lo alto que era; la *te* era el martillo de fray Sisebuto; la *ge*, el gato de fray Pirulero con el rabo torcido. Fray Olegario se mesaba la barba y levantaba los brazos al cielo suplicando paciencia. Fray Perico se golpeaba la cabeza contra la mesa, desconsolado:

—¡Es imposible! Hay tantas letras que jamás me las meteré en la cabeza...

Un día, fray Olegario, enfadado por esta cantinela, le preguntó:

—Pero, fray Perico, ¿cuántas letras hay?

—¡Huy! Por lo menos dos millones.

Fray Olegario se derrumbó abatido en un sillón.

—Pero, alma de cántaro, si sólo hay veintiocho.

—¿Veintiocho? —gritó estupefacto fray Perico; y dando un portazo salió corriendo, con Calcetín, pasillo adelante.

—¿Dónde irá? —se preguntó fray Olegario.

Al rato, fray Perico llegó con el borrico cargado con tres sacos muy pesados.

—¿Qué traes ahí?

—Tres sacos de letras.

—¿Tres sacos de letras? ¿De dónde los has sacado?

—De la despensa.

—¿Estás loco?

—No, no lo estoy. Estos sacos son los que usa fray Pirulero para hacer la sopa.

—¿La sopa?

—Sí, la sopa de letras. Hay tantas letras que podríamos estar comiendo todo el convento hasta el día del juicio.

—Pues aunque tengas un cólico miserere de tantas letras, jamás distinguirás una «o» de una calabaza —exclamó dando un puñetazo en la mesa fray Olegario.

Mientras tanto, fray Pirulero, que había echado en falta sus sacos, llegó a la biblioteca y se quedó con la boca abierta. El burro tenía metida la cabeza en uno y se había zampado la mitad de su contenido.

—Pero, fray Olegario, ¿has visto lo que está haciendo el borrico?

—Sí, hermano, está aprendiendo a leer —contestó el anciano.

El cocinero bajó con las orejas gachas a la cocina, pensando que, con el apetito con que comía el asno, pronto llegaría a sabio; pero a costa de dejar sin sopa a todo el convento. Así pues, llegó a la despensa y cerró con cien llaves, no fuera a ser que después de la sopa utilizara fray Olegario los chorizos, los quesos, las manzanas y el membrillo para enseñar botánica y zoología al borrico.

18 Pajaritas de papel

UN DIA, fray Olegario se enfadó y con razón: fray Perico había hecho cisco el libro más gordo de la biblioteca y había hecho más de cuatrocientas pajaritas de papel que llenaban la larga mesa de la biblioteca como si fuera un gallinero.

Era un libro de álgebra y trigonometría, lleno de números y de raíces, donde fray Procopio hacía sus cálculos para saber las distancias de la Luna y las estrellas, y si había atmósfera, humedad y vida en las remotas inmensidades. Fray Perico consideraba todo eso una tontería pues, enchufando el telescopio al cielo, se veían por la noche, según decía él, correr elefantes por la Luna y saltar liebres en Marte y dar coletazos las ballenas en los mares de Júpiter. ¡Qué necesidad había de tantos numerajos feos, de tantas cuentas interminables, de tantas ecuaciones, progresiones y zarandajas!

Orientaba el telescopio y se veían cosas maravillosas a cientos de kilómetros de la tierra. El burro también miraba y se ponía tan contento viendo correr multitud de borricos por los fértiles prados de Marte. ¡Cómo rebuznaba el asnillo al mirar por el anteojo!

Por eso fray Perico, en vez de estudiar la cartilla, llena de signos incomprensibles, se había puesto a hacer pajaritas de papel con aquel librote serio, de hojas inacabables, escrito por un tal Pitágoras a quien, según decían, se le había ocurrido inventar la tabla de multiplicar.

—¡Vaya un tostón! —dijo fray Perico.

Y arranca que te arranca y dobla que te dobla, aquel libro había quedado convertido en una pajarería. El burro resopló, y las pajaritas volaron desde la mesa a la ventana, y desde la ventana hasta los manzanos y los perales y los tomatales de fray Mamerto, que se quedó turulato al ver el huerto plagado de aquellos extraños pájaros.

Corrieron los frailes a sus gritos y, después de cazar varios de aquellos picudos animalejos y después de discutir cómo habrían llegado hasta allí y de qué especie eran, pudieron comprobar que salían de la ventana de la biblioteca en bandadas numerosísimas.

—¡Atiza, si son las hojas de mi libro! —gritó fray Procopio medio llorando.

—Esto es cosa de fray Perico —afirmó el padre superior mientras corría, seguido de todos los frailes, escaleras arriba.

Cuando llegaron era tarde. Del libro sólo quedaban las pastas.

El padre superior se puso como un basilisco, expulsó a fray Perico y a Calcetín, con cajas destempladas, de la biblioteca y gritó:

—¡Desde mañana irás a la escuela del pueblo!

—Yo no quiero ir —dijo fray Perico.

—Pues irás, lo mando yo.

19 ¡A la escuela!

AL DIA siguiente, el padre superior llamó a fray Perico, le montó en el borrico y dijo:

—¡A la escuela! Y no se te ocurra pararte a tomar una seta o una hoja de perejil en el camino.

Fray Perico, llorando, tomó su cartera y se presentó a la puerta de la escuela acompañado del borrico.

Estaba el maestro sentado en su mesa y el borrico asomó la cabezota por la ventana y dio un par de mordiscos en el sombrero de paja que estaba colgado en la percha. ¡Qué susto se pegó el pobre maestro!

Los muchachos salieron por las ventanas y rodearon a fray Perico, que estaba subido en su asno como un patriarca. El maestro, un hombre viejecito y calvo, salió muy enfadado con los restos del sombrero en la mano:

—¿Qué deseas, hermano?

—Quiero aprender a leer, a escribir y a hacer cuentas.

—Pues entra, pero deja el borrico atado a ese árbol.

Fray Perico lo ató y entró en la escuela. Todos los muchachos querían que el fraile se sentara a su lado y le llamaban y le ofrecían lápices y gomas, avellanas y sacapuntas.

Pero el maestro le puso en el primer banco para tenerlo cerca de su vara, pues el fraile, desde que entró, no hacía más que repartir estampas y tirar de las orejas a los más traviesos, diciéndoles que fuesen buenos. Así que se sentó fray Perico, el burro, que se vio solo, comenzó a rebuznar, y el maestro tuvo que cerrar las ventanas pues no podía explicar la lección.

Mas el asno rompió la cuerda que lo sujetaba, se acercó a la puerta, y de un par de coces hizo saltar la cerradura y un trozo de madera con un estruendo terrible.

—¡Adelante! —dijo el maestro.

El animal buscó dónde estaba el fraile y, pasillo adelante, se colocó junto a él ante el asombro del maestro y el regocijo de todos los discípulos.

—¿Sabe leer? —preguntó el maestro, asombrado, observando que el asno miraba muy atento la cartilla de fray Perico.

—Más que yo —dijo el fraile—. Sabe las vocales.

Fray Perico le señaló la *a*, y el burro rebuznó

una *a* tan sonora que el maestro se tapó los oídos por no quedarse sordo.

—¡Basta! ¡Basta! —gritó el maestro—. Prefiero que escriba, así tendrá la boca cerrada.

Fray Perico puso el lápiz en los dientes del pollino, y éste, moviendo la cabeza, llenó de palotes un cuaderno entero. El maestro estaba patidifuso y preguntó que si sabía también sumar.

—No sé si sabrá —contestó fray Perico—. Pregúntele.

El maestro interrogó al asno:

—Una y una ¿cuántas son?

El burro dio un par de coces que derribaron la mesa del maestro patas arriba. El maestro se puso perdido de tinta y se limpió con el trapo de la pizarra.

—¡Caramba, pues sí que sabe!

El maestro apuntó en la lista a sus dos nuevos alumnos, pero aconsejó a fray Perico que pusiera un bozal a su asno, pues mientras escribía los nombres, el pollino se había zampado el libro de geografía que tenía las pastas verdes, la papelera de mimbre y lo que aún quedaba del sombrero de paja.

20 Los deberes

DURANTE todo el invierno estuvieron yendo a la escuela, y fray Perico se divertía mucho los días de nieve: como estaba el camino helado y era cuesta abajo, fray Perico se hizo un trineo con la artesa de amasar el pan, y bajaban los dos montados en el vehículo a una velocidad fantástica, desde la puerta del convento hasta la misma escuela.

Una vez, los chicos de la escuela, que eran de la piel del diablo, llenaron la alforja de Calcetín con nieve. El borrico, al entrar en la escuela, se acercó a la estufa; el calorcillo derritió la nieve y, ¡qué charco se formó!

—¿Qué ha pasado ahí? —gritó el maestro muy enfadado.

—El borrico, que se ha hecho pis —dijeron los muchachos.

El maestro ordenó a fray Perico echar serrín, regañó severamente al borrico para que fuera más cuidadoso y lo dejó sin comer. Entonces fray

Perico echó en cara a sus condiscípulos su poco compañerismo al descubrir al maestro la falta que había cometido el asno. Pero al burro le importó poco el castigo, pues en un descuido se comió el bocadillo de pan y chorizo que traía el maestro para desayunar.

Y todos celebraron mucho la ocurrencia del asno. Hasta el maestro, que se reía con disimulo escondiendo la cabeza tras el libro de matemáticas.

HABIA llegado la primavera, y el burro había aprendido a leer y a escribir, a sumar y a restar. Fray Perico no había aprendido ni jota. Fray Olegario le preguntaba todos los días:

—Fray Perico, ¿qué has aprendido hoy en la escuela?

—A jugar a las bolas.

—¿Y cómo es eso?

Fray Perico sacaba unas bolas y enseñaba a jugar a los frailes. Una tarde, fray Perico sacó un utensilio de las alforjas.

Los frailes le rodearon.

—¿Qué es eso?

—Un peón.

—¿Y cómo funciona?

Fray Perico bailó el peón, y los frailes quedaron maravillados. Los religiosos aprendieron pronto, y todas las tardes, en la biblioteca, se jugaban el postre, o la capucha, o las sandalias. Mientras, fray Perico y el asno hacían sus tareas. Pero, ¡qué tareas! Fray Perico arrancaba unas hojas del libro y hacía unos barcos y unos molinillos de papel que dejaban a los frailes con la boca abierta. Estos, cuando no los veía el prior, se colocaban con un alfiler, un molinillo en la punta de la capucha, y con el aire había que verlos girar. Sobre todo cuando los frailes corrían por el pasillo o se deslizaban por las tablas enceradas. En las celdas, cada fraile ponía su barquito en la palangana y se pasaba las horas muertas viéndolo navegar.

El convento había cambiado. A los libros les faltaban la mitad de las hojas. El padre superior se tiraba de los pelos. Los frailes, cuando se cansaban de estudiar, se tiraban bolitas de papel, o ponían lagartijas en las camas, o cazaban moscas al vuelo. Todo eran cosas traídas por fray Perico, que llenaba de alegría el convento. Se jugaba al parchís por los rincones, y fray Olegario hacía unas trampas tremendas.

San Francisco sonreía desde su altar y se alegraba cuando oía jugar a sus frailes a la gallinita ciega o a policías y ladrones.

—¿Sabéis cazar grillos? —preguntó un día fray Perico.

—No —dijeron los frailes.

Fray Perico les enseñó a cazar grillos con una pajita. Cada fraile tenía un grillo en su celda, y por la noche armaban un ruido tremendo con su *gri, gri.*

Hasta San Francisco tenía cinco en su capucha; fray Perico los había cazado junto al estanque. A la hora de maitines, casi tapaban las voces roncas de los frailes. El santo se frotaba las manos y decía:

—¡Cuántas cosas ha aprendido mi fray Perico en la escuela!

San Francisco, con ver el convento sonriente, lleno de ruidos diversos, de martillos, sierras, morteros y tijeras, de carreras de frailes, de repiques de campanas, de maullidos, cacareos y rebuznos, estaba satisfecho.

21 Los melones
de la montaña

PERO el padre superior no se contentaba como San Francisco. Un día, harto del poco aprovechamiento de fray Perico, le castigó a trabajar de firme en la huerta. Fray Cipriano, el hortelano, movió la cabeza preocupado cuando fray Perico, después de mirar el azadón como si fuera un bicho raro, lo asió al revés y, al levantarlo, se dio un golpe en la cabeza que se quedó casi sin sentido. Fray Cipriano le regañó por su poca maña y el lego, un poco mohíno, volvió a intentar clavar el azadón en el suelo. Pero lo hizo con tan poca puntería que casi se quedó sin pies.

—¡Ay! —gritó el pobre fraile, soplando sus dedos magullados.

Los frailes, después de ver que fray Perico no se había hecho mucho daño, comenzaron a reírse de buena gana, lo que molestó aún más al lego, que, después de echarse saliva en las manos, tomó la herramienta y la alzó con las manos, con tal ímpetu que se le escapó y salió volando por encima de un ciruelo.

El hermano hortelano guardó el azadón y le mandó a tomar melones, pues eran los primeros días de agosto.

Fray Perico ensilló el borrico y salió silbando, vereda adelante, con un gran serón para la mercancía. Al llegar al río, se paró. Allí no había melonar por ninguna parte. Había álamos, zarzamoras, robles, olmos, chopos, pero el melonar estaba tan escondido que, ni siquiera después de rezar hasta una docena de *Padrenuestros* a San Antonio, aparecía ni vivo ni muerto.

—¿Qué haces ahí? —le preguntó fray Sisebuto, que iba a la fragua.

—Nada, que vengo por melones y han robado el melonar.

—¡Pero, hermano! ¿No lo ves allí? —exclamó el padre herrero, señalando hacia el monte.

Fray Perico tomó el burro y fue hacia aquella parte. Cuando llegó, se quedó con la boca abierta. Los *melones* eran tan pequeñitos que parecían ciruelas. El fraile se subió a un árbol y comenzó a coger el fruto. Se comió uno de un bocado y exclamó estupefacto:

—¡Atiza, si tiene hueso dentro!

Fray Perico no quiso ni enterarse y, después de llenar el serón, lo cargó sobre el asno y subió cantando al convento. Cuando fray Mamerto metió las narices en el canasto, dio una patada en el suelo y vociferó:

—Pero, ¿qué traes ahí?

—Melones.

—¡Pero si son ciruelas! —chilló fray Mamerto.

—Me he equivocado de árbol —se excusó humildemente fray Perico.

El fraile explicó a fray Perico que los melones nacían a ras del suelo y, después de asirle de una oreja, le llevó al melonar y le señaló los hermosos frutos que se escondían entre las matas.

—Caramba, se esconden como los topos. ¡Así, ya podía yo buscarlos!

El hortelano le ordenó tomar cuatro docenas y cargarlos en el serón que llevaba Calcetín, y se fue a regar los tomates. Silba que te silba, fray Perico cargó las cuatro docenas y subió camino del convento. Silba que te silba atizó al borrico dos palos, pues era hora de comer y el burro no tenía ganas de trabajar a pleno sol y cuesta arriba. Un par de coces y los melones saltaron por el aire y echaron a rodar, cuesta abajo, camino del pueblo.

¡Qué saltos y tumbos daban por las peñas!

Fray Perico, por tomar todos no tomó ninguno. Parecían de goma, giraban, botaban, volaban por el aire. Un rebaño de cabras que cruzaba por el sendero echó a correr cuando vieron aquel alud que se les venía encima.

El pastor chillaba, los perros ladraban en pos de los zancajos de fray Perico, que corría detrás de los melones fugitivos.

El tío Zanahorio subía con un carro de mies y se echó las manos a la cabeza. Los melones pasaron por debajo del carro; detrás los perros, y al final fray Perico, el cual llegaba desalado por encima del barranco que bordeaba el camino. De un brinco cayó sobre el montón de mies apilado encima del carro. Las mulas se espantaron y el vehículo se vino abajo con un ruido y una confusión de mil diablos. Asomó la cabeza el fraile entre las doradas espigas, y pudo ver cómo, allá a lo lejos, llegaban los melones a la plaza del pueblo, entre los gritos de alegría de los vecinos, que recibieron aquel maná como llovido del cielo, pues era ya la hora del postre.

Fray Perico subió avergonzado al convento, y los frailes ni siquiera le saludaron de lo enfadados que estaban. Sobre todo fray Gaspar, el del tejar, al que le gustaban mucho los melones desde pequeñito. El padre superior no dijo ni pío; pero era el peor, pues se le puso una cara más larga que un ciprés.

22 ¿Dónde nacen las patatas?

SAN FRANCISCO le consoló, poniendo un rostro bondadoso como el de un padre cuando ve a un hijo triste. Pero, como todo pasa, a los frailes se les pasó pronto el enfado, pues al fin y al cabo les hacían gracia las simplezas de fray Perico. Por eso fray Cipriano, un lunes por la tarde, ordenó a fray Perico sacar las patatas del huerto:

—Y no olvides que las patatas no están en los árboles.

—¿Pues dónde están? —preguntó lleno de admiración el lego.

—Escondidas en la tierra.

—¡Qué divertido! Ni que fueran un tesoro.

Fray Perico se fue al huerto, con la azada al hombro, dispuesto a no quedar mal esta vez. Lo hacía por San Francisco, que no ganaba para disgustos y ponía siempre buena cara; aunque más razón tenía para ponerla avinagrada, como la del padre prior. Llegó el lego al huerto, escarbó aquí y allí y no encontró ni una.

—¡Caramba, ya empezamos!

Cavó junto a un pino, hizo un hoyo junto a la tapia, pero sólo encontró chinarros, lombrices, una sandalia vieja, una sartén apolillada, un nido de topos. Nada.

—Estarán más abajo —pensó el fraile.

Cava que te cava, hizo un agujero cada vez más hondo: un metro, dos metros, tres, cinco, ¡qué sé yo!...

Los frailes, a la hora de la cena, echaron de menos a fray Perico. Fray Ezequiel, el de la miel, que en la mesa tenía su puesto al lado, preguntó:

—¿Dónde está fray Perico?

—Se fue esta tarde por patatas al huerto.

—Pues es de noche y no ha vuelto.

—Alguna de las suyas habrá hecho —refunfuñó fray Cipriano.

El hortelano salió al patatal dando gritos y voces, miró en los corrales, junto a la noria, en las tomateras y ¡cataplum!, cuando pasaba junto al nogal, se lo tragó la tierra.

El pobre fraile no había visto el agujero que fray Perico había cavado en busca de las patatas y se cayó de cabeza.

—¡Ay! —chilló fray Perico que, sentando en el fondo, dormía plácidamente, cansado de tanto cavar.

—Pero, ¡demonios! ¿Qué haces aquí, fray Perico? ¿No te mandé sacar patatas?

—¡Pues ya estoy escarbando, pero soy tan tonto que no encuentro ni una!

Fray Cipriano se desternillaba de risa, pero luego se quedó muy serio cuando quiso salir del agujero y no pudo, ni aun poniéndose de pie sobre los hombros de fray Perico. Los dos frailes se acurrucaron en el fondo y pasaron la noche roncando como unos benditos. Lo peor fue que fray Sisebuto, al amanecer, puso en marcha la noria. Borboteó el agua por la acequia camino del campo de repollos, donde fray Perico había hecho el agujero, y comenzó a caer a torrentes sobre las cabezas de los dos frailes. Fray Sisebuto se quedó atónito. ¿De dónde salían aquellos gritos?

Corrió hacia los repollos y vio un agujero, grande como un pozo, de donde salían ayes y voces desesperadas. Pensó que sería algún alma en pena que quería escaparse del purgatorio, pero al arrimar la oreja oyó la voz de fray Perico. Fray Sisebuto fue a cortar el agua, gritando ¡so! al burro, que estaba dando vueltas a la noria; luego trajo una escalera, la puso en el hoyo y por ella subieron, hechos una sopa, los dos frailes, ante el asombro de fray Sisebuto.

Fray Cipriano se fue a la cama tiritando, y estuvo ocho días con un catarro morrocotudo.

23 Lluvia de tomates

EL POBRE fraile, de buena gana hubiera echado del huerto a fray Perico; pero como los tomates estaban en sazón y fray Mamerto, el del huerto, estaba cojo, de un clavo que se había hincado en el pie, fray Cipriano ordenó a fray Perico cortar los tomates a toda prisa. Estaban los tomates maduros, y fray Perico comenzó a tirar los más pasados por encima de la tapia del huerto, por donde pasaba el camino del pueblo.

La suerte quiso que el primero cayese en el rostro del tío Carapatata que iba en su caballo; espantóse éste, dio una coz al aire y envió al jinete por encima de la valla. El tío Carapatata cayó sobre las espaldas de fray Perico, que estaba agachado sin pensar en lo que se le venía encima, y ¡Dios bendito, la que se armó!

Fray Perico se levantó deslomado, cogió un tomate maduro y rojo como una amapola y lo aplastó en la cara sebosa y ancha del tío Carapatata. Este tomó otro y lo lanzó al rostro del fraile, pero se agachó fray Perico y el proyectil fue a parar a los ojos de fray Tiburcio, que venía con una carretilla.

El fraile se enfureció y, tomando del suelo otro de los frutos averiados, lo lanzó contra el labriego, con tan mala fortuna que fue a estrellarse contra fray Opas, el cual venía rezando su breviario en compañía de fray Olegario y de fray Ezequiel.

Los tres religiosos dejaron sus tranquilos rezos por un momento y, enojados por aquella broma, tomaron los tomates más hermosos que asomaban, encendidos como brasas, entre las matas y repelieron con ellos la agresión. Fray Sisebuto cayó al suelo, derribado de un tomatazo; el tío Carapatata, que abría la boca para reírse con todas sus ganas, se quedó mudo cuando otro tomate se le incrustó entre los dientes.

En menos que canta un gallo se generalizó la pelea fuera y dentro del convento, de tal manera que no había árbol ni ventana del que no saliese un disparo traicionero. Desde lo alto de la torre, fray Balandrán, que había pedido a fray Perico le atara un cesto bien repleto a la cuerda de la campana, arrojaba certeramente sus municiones contra el tío Carapatata, el cual tuvo que saltar de nuevo la tapia y poner pies en polvorosa.

Fray Pirulero lloraba desde la ventana de la cocina, pensando que se quedaba sin ensalada para todo el año. Y fray Cipriano, el hortelano, veía visiones contemplando cómo, del cielo despejado y sin una nube, caía una granizada de tomates.

Todo acabó cuando el padre superior, que, montado en Calcetín, venía de predicar en el pueblo, se presentó como el Cid Campeador en aquel campo de moros y cristianos. Los frailes quedaron inmóviles, con las manos en el aire unos, agachados otros, torcidos los de más allá, sorprendidos todos en actitud guerrera.

Fray Nicanor no dijo ni pío, se metió en la capilla y se postró ante San Francisco, que estallaba de risa al pensar en las escenas que acababa de ver por la ventana de la capilla. El santo, no obstante, comprendió que el padre Nicanor estaba indignado con mucha razón, y asintió con la cabeza cuando el superior, después de dos horas de meditación, dijo con voz cavernosa:

—Desde hoy comerá todo el mundo pan y cebolla para merendar.

Y dando un portazo se fue pasillo adelante, enojado, y con razón, por los manchones de tomate que se veían por las paredes. En la fuente del patio se encontró a fray Perico, que se estaba lavando los faldones del hábito, todavía pringosos por la feroz batalla. Y, asiéndole por una oreja, lo llevó al corral, donde estaba fray Pascual quitando el estiércol con un rastrillo.

—Desde hoy ayudarás al hermano Pascual a cuidar de la granja —gritó con voz de trueno.

24 Las tres cabras

EL HERMANO PASCUAL bajó la cabeza, resignado ante la mirada severa del superior, y no se atrevió a rechistar, pues no estaba el horno para bollos. Fray Perico empuñó humildemente el rastrillo y comenzó a limpiar el establo, que tenía un metro de alto de porquería. Al rato tuvo que parar para respirar por la ventana, pues el estiércol no olía a lirios precisamente; luego, después de tomar aire, se puso una pinza de la ropa en la nariz y siguió su tarea con tanta rapidez y diligencia que, no reparando en que una vaca estaba tumbada en un rincón, le dio un pinchazo de padre y muy señor mío. La vaca mugió, levantó los cuernos con rabia, y de una cornada mandó por la ventana al hermano Pascual, atareado en echar pienso en las pesebreras. A los gritos acudieron los frailes, y a todo correr llevaron al pobre hermano a la enfermería, donde el padre Matías le cosió un siete que tenía en las posaderas.

Fray Perico regañó a la vaca por sus malas pulgas y, muy compungido, se puso a ordeñar otra, muy gorda y mansurrona, que no hacía más que sonar el cencerro. Mientras la ordeñaba rezó un rosario por el hermano Pascual; pero al llegar al quinto misterio se dio cuenta de que había puesto el cubo boca abajo y la leche se había vertido por el suelo.

De buena gana hubiera puesto a la vaca el cubo en la cabeza, pero resignadamente se acercó a otra, colorada y más gorda que la anterior, y, después de poner el caldero como Dios manda, se puso a sacar el tibio líquido de la ubre, cuidando de no desperdiciar una gota. Mas al terminar, el animal, no sé por qué razón, dio una patada al caldero y lo estrelló contra el techo.

Fray Perico, más paciente que el santo Job, tomó el cubo e inició su tarea con la tercera, que era una vaca blanca y negra, delgada y con cara de pocos amigos. Fray Perico le pisó la cola con el pie para que no se moviera, y consiguió vaciar las ubres, a pesar de los bufidos del animal.

Ya se iba camino de la puerta con el cubo lleno hasta los bordes, cuando la vaca, fastidiada, levantó la cola y le dio un latigazo en la cara que casi le deja ciego. Fray Perico, sorprendido, perdió el equilibrio, soltó el caldero y cayó dando tres volteretas por el suelo.

El fraile se sacudió el hábito, que con la mojadura se había vuelto blanco, y salió malhumorado del establo, dispuesto a ordeñar a las tres cabras que estaban atadas al nogal, mordisquean-

do hierba. Las cabras le miraron con sus grandes ojos altivos, y maliciando que el fraile venía a llenar el caldero a costa de ellas, bajaron la testuz, rompieron las cuerdas y arremetieron contra fray Perico.

Este tiró el caldero, se remangó los hábitos y echó a correr hacia el convento. Venía la comunidad tan campante, rezando el rosario, pues era el día de Todos los Santos, y los frailes volvieron la espalda y pusieron pies en polvorosa buscando cada uno el mejor lugar donde refugiarse. El que menos corría era fray Pascual, todavía dolorido en su parte posterior por los cuernos de la vaca, y la primera cabra fue a estrellarse allí precisamente, con gran duelo del fraile. Del envite fue a parar a una zarza cercana al camino.

Fray Olegario se subió a una cuba, pero la segunda cabra se encaramó también y el fraile, de un brinco, se asió a la parra que cubría la puerta trasera del convento. Los demás entraron al monasterio atropellándose en el umbral. Mas, al llegar fray Sisebuto con sus ciento y pico kilos, se atarugó en la entrada, y gracias a la arremetida de la tercera cabra, que venía lanzada de lejos, pudo salir de aquel atolladero, al ser disparado como un cañonazo contra la pared del vestíbulo.

San Francisco se quedó perplejo cuando vio llegar al primer fraile: abrió la puerta, la cerró, se persignó, se arrodilló, se levantó y, por la escalera de la torre, desapareció. Todo fue en un abrir y cerrar de ojos, a una velocidad endiablada. Al instante llegó otro fraile, abrió la puerta, la cerró, se persignó, se arrodilló, se levantó y, por la escalera de la torre, desapareció. El tercero abrió la puerta, la cerró, se persignó, se arrodilló, se levantó, y, por la escalera de la torre, desapareció. El cuarto abrió la puerta, no la cerró, se persignó, se arrodilló, se levantó y, por la escalera de la torre, desapareció. El quinto no abrió la puerta, porque ya estaba abierta, ni la cerró, sí se persignó, no se arrodilló ni se levantó, sino que, a todo correr, por la escalera de la torre, desapareció.

San Francisco estaba bizco de tanto abrir y cerrar, tanto persignarse y santiguarse, agacharse y levantarse, pues, después de los cinco primeros, pasaron otros diez frailes y cada uno abrió y cerró, se persignó, se arrodilló, se levantó y desapareció por la escalera de la torre como alma que lleva el diablo. Al final pasaron tres cabras bufando, que no se entretuvieron en abrir ni cerrar la puerta, ni en persignarse, arrodillarse y levantarse, sino que siguieron el camino más corto, detrás de los talones de fray Simplón, que tomó las primeras vueltas de la escalera de caracol más rápido que una peonza.

—Parecen los encierros de San Fermín —murmuró San Francisco, admirado de aquellas carreras tan precipitadas.

Al fin, compadecido de los ayes y lamentos de sus frailes, y temeroso de que la torre se viniera abajo, tal era el estruendo que se sentía, llamó dulcemente a las cabras y éstas se llegaron a los pies del santo, sumisas y arrepentidas, como si fueran dóciles ovejas.

25 *Hermanas pulgas*

Fray PERICO, que para que no le regañara el superior se había escondido en la cochiquera, pasó allí la noche con cinco cerdos gordos y lustrosos, que no cesaron de gruñir, roncar y masticar ni un instante. Unos picorcillos le advirtieron que, además de los cinco cochinos, había una infinidad de habitantes invisibles, pequeñitos, pero con una mandíbula fuerte como la de un león hambriento.

—¡Son pulgas! —dijo el fraile—. Así no hay quien duerma...

Fray Perico, compadecido de los gruñidos de los cerdos y pensando cuánto agradaría a los frailes hacer una obra de misericordia, abrió la pocilga, ató los cerdos con una cuerda y se los llevó al convento, procurando hacer el menor ruido posible. Roncaban los frailes a pierna suelta, pues eran las tres de la mañana, y fray Perico, averiguando por los ronquidos cuál era la celda de fray Sisebuto, abrió la puerta y acostó al primer cerdo, el más gordo y lustroso, en la cama del fraile. Luego buscó la celda de fray Pirulero que, como también era gordo, sería un excelente compañero para cualquiera de sus cochinos. Otro lo acostó en el lecho del propio padre Procopio, el del telescopio, pues era muy amante de bichos y plantas, y otro con fray Pascual que, como estaba magullado por las cornadas recibidas, necesitaba calor y compañía.

El último lo metió en la cama de fray Opas. Los cinco cerdos quedaron bien arropados, y pronto sus ronquidos denotaron que no echaban de menos el heno húmedo e incómodo donde habían dormido.

¡Qué susto el de los cinco frailes cuando despertaron al día siguiente!

Fray Procopio creía que estaba aún soñando cuando vio aquel animalote que le lamía la cara con la lengua. Pegó un pellizco al cerdo para ver si era sueño o realidad, y aquél le dio un mordisco en la barba que casi se la arrancó de cuajo.

El padre superior llamó airado a fray Perico:

—¿Por qué has hecho esto, fray Perico?

—Padre, su reverencia siempre dice que al que le sobra media capa debe darla, y el que come medio pan debe dar el otro medio. ¿Qué mal he hecho yo al dar medio colchón a estos pobres infelices?

No supo qué contestar el padre superior y le pareció de perlas la idea.

Pero en esto llegó fray Simplón rascándose; sin duda, las pulgas que los gorrinos llevaban en sus martirizadas costillas.

El padre superior comenzó a rascarse también, pues no hay cosa que se contagie mejor que el picor de una pulga; luego se rascó fray Ezequiel y después fray Cucufate, y al final se rascaban todos contra los quicios de las puertas.

Fray Nicanor pensó que lo mismo que la pocilga era sólo de los cerdos, así el convento debía ser sólo de los frailes. Y cada uno en su casa y Dios con todos; aunque temía la cara de San Francisco cuando se enterara de lo que iba a hacer: dar dos puntapiés a los cerdos en el trasero y mandarlos a freír espárragos con sus pulgas y sus ronquidos. Así lo hizo, y fray Perico retiró sus huéspedes y los llevó de nuevo a su corral con sus hermanas las pulgas.

26 ¡Alabad, todos los animales, al Señor!

AQUELLA NOCHE, fray Perico durmió en el gallinero, donde más de trescientas gallinas blancas, negras, grises y de todos los colores dormitaban con la cabeza debajo del ala. Los gallos dormían en lo alto, arrogantes como mandarines chinos, y los pollos en los cestos, tapados con mantas.

A eso de medianoche, los cánticos de los frailes llegaron desde la capilla hasta el humilde corral. Los salmos de los religiosos cobraban una nueva vida al escucharlos desde el calorcillo del gallinero. La letra inmóvil y muerta de los libros amarillentos revivía, como revive con el sol la savia de los troncos aletargados:

—¡Alabad, todos los animales, al Señor! ¡Alábenle, todas las aves que pueblan la tierra!

Fray Perico escuchaba los salmos de sus hermanos, monótonos e insistentes:

—¡Alabadle, alabadle todos los que tenéis plumas!

El fraile levantó la cabeza, recorrió con su mirada todos aquellos perezosos animales que dormían a pierna suelta, bien comidos y bebidos como estaban, sin importarles un ardite los salmos, ni las alabanzas a su Señor, ni los ruegos de los frailes; y no pudo aguantar más. Asió una estaca y, a estacazo limpio, despertó a pollos, gallinas y gallos, gritando:

—¡Hale, gandules! ¿No oís cómo os llaman? ¡Vamos todos a alabar al Señor!

Fray Perico abrió la puerta del gallinero y toda la turba alada salió en confuso tropel al corral. Y de allí, el fraile, con su vara, la encaminó hacia la puerta de la iglesia.

En un santiamén el recinto se llenó de gallos y gallinas, de pollos, de patos, gansos y pavos, ante la mirada estupefacta de los frailes, que se quedaron con el salmo a medio terminar.

Fray Balandrán, al ver invadidas sus posesiones, tomó el apagavelas y sacudió estopa a las aves más atrevidas. Los demás hermanos las espantaban como podían, saltando por encima de los bancos, y pronto el aire se llenó de plumas, de cacareos, de kikirikís, de graznidos, de rebuznos y de coces, pues a fray Calcetín le picó un gallo en la cabeza y el asno dio un par de coces que rompió un reclinatorio. A fray Bautista se le instalaron tres gallos en el fuelle, y cada vez que apretaba salía un gallo por un tubo. Fray Sisebuto se espantaba las gallinas como si fueran moscas, y al padre superior le hizo caca una en el hombro derecho.

Sin embargo, no se enfadó, pues observó la cara de satisfacción que tenía el santo, todo rodeado de picos, crestas, patas y plumas, y ordenó que siguiera el rezo del hermoso salmo:

—¡*Adorad al Señor, aves del cielo y de la tierra, cantadle y ensalzadle para siempre!*

Y las aves comenzaron un guirigay de mil demonios ensalzando al Señor, quien, seguramente, tuvo que taparse los oídos por no quedarse sordo. Y lo mejor fue que una gallina puso un huevo en la capucha de San Francisco; y todas las demás, tomando ejemplo, comenzaron a poner cada una los que podía por los rincones, y quedó el suelo como si un pedrisco hubiera volcado toneladas de granizo desde el techo de la iglesia.

Sólo sé que fray Pirulero hizo tortilla francesa todas las mañanas durante un año, y que las gallinas, todas las noches, al oír el jubiloso salmo, salían de su letargo y, después de cacarear como descosidas, ponía cada una media docena de huevos, los cuales, algunas veces, tenían hasta dos yemas.

27 La lluvia

MUCHAS y muchas cosas pasaron durante aquel largo invierno en el monasterio; pasó también la primavera y llegó el verano, un verano seco y agobiante como hacía tiempo no se había conocido.

El campo estaba abrasado. Una gran sequía asolaba la comarca. El pobre fray Mamerto, el del huerto, sólo cosechaba cardos borriqueros. Cuando escarbaba en la tierra, le salían patatas achicharradas, echando humo. Fray Pirulero, el cocinero, asaba las castañas en las losas del patio, y las mujeres del pueblo freían los pimientos en las tejas. Fray Sisebuto, el herrero, no encendía la fragua. Sacaba el hierro al sol y se ponía al rojo vivo. San Francisco estaba asustado. Las velas del altar estaban dobladas. Por la noche oía a los patos protestar, ¡cuá, cuá, cuá!, pidiendo un poco de agua. El que más sufría era fray Olegario, que sudaba tinta cuando escribía sus librotes después de la siesta y ponía las hojas perdidas.

El único que soportaba bien su trabajo era

fray Bautista, el organista, pues cuando tocaba, un airecillo agradable salía de los tubos del órgano.

—Toca más fuerte —gritaban los frailes, que sudaban la gota gorda en lo alto del coro.

Allá en la pastelería, fray Cucufate, el del chocolate, estaba desesperado. Con el calor todo se derretía, y estaban el suelo, las mesas, las alacenas, hechos un asco.

No podía abrir la puerta porque todo bicho que entraba, mosca, mosquito, mariposa, escarabajo o abejorro, salía embadurnado de chocolate hasta las orejas. El huerto se llenó de animales extraños que se relamían posados sobre los repollos o sobre las ramas de los ciruelos.

Y, como seguía sin llover, los frailes tocaron la campana y sacaron en procesión de rogativas al Santo, que iba tan contento de dar una vuelta por los alrededores.

La gente del pueblo se sumó al cortejo. Como eran muy tozudos, iban con las manos en los bolsillos y miraban de reojo al Santo, como diciendo: «Si no cae agua, te tiramos al río.» En lo alto sólo había una nube blanca, y todos miraban a la nube; hasta San Francisco, que tenía la cara preocupada sin saber cómo iba a terminar aquello.

Al llegar al río, las ranas protestaron: ¡croá, croá, croá!, y el tío Carapatata, que estaba quemado porque sólo había recogido una rama de perejil en su huerto, se burló del Santo y dijo:

—¡Cuá, cuá, cuá!

Fray Sisebuto no pudo más: se remangó los faldones, se subió las mangas y de un puñetazo lo lanzó de cabeza al río.

En un momento se armó la de San Quintín: capuchas por aquí, boinas por allá, bastones, cirios.

San Francisco se enterneció. Vio a sus frailes aporreados y maltrechos por culpa suya: a fray Nicanor, el superior, sin dientes; a fray Sisebuto, sin barba; a fray Ezequiel, con un ojo hinchado..., y no pudo más. Guiñó un ojo a la nube y la nube comenzó a descargar unos granizos gordos como huevos de gallina.

Allí se acabó la guerra. Todo el mundo se metió bajo las andas del Santo, abrazados como hermanos, sin acordarse de golpes ni puñetazos. Luego comenzó a llover, y a relampaguear, y a tronar; y toda la noche se la pasaron frailes y aldeanos acurrucados bajo las andas de San Francisco, sin atreverse a sacar la nariz.

Al amanecer salió el sol, y salieron todos de su escondrijo, como los caracoles tras la tormenta. San Francisco estaba un poco magullado y descolorido, pero sonreía. La procesión volvió camino del convento y, como la sonrisa es contagiosa, la alegría volvió al pueblo y empezó a florecer en el convento.

28 *La visita*

DESDE aquel día, el padre superior, que era más serio que un dolor de muelas, no volvió a regañar a fray Perico cuando se dormía en el rezo, y hasta él mismo daba alguna cabezada que otra a la hora de maitines.

Echaba carreritas por los pasillos cuando nadie le veía, y un día soltó durante la comida un saltamontes que cayó en el plato de fray Ezequiel, y nadie sospechó que había sido fray Nicanor, que se mondaba bajo la capucha. Y los ratones, envalentonados, se instalaron en la despensa de fray Pirulero y en los tubos del órgano de fray Ezequiel. Por la noche, los frailes dormían con calcetines, aunque estaba rigurosamente prohibido.

Hasta que un día, el padre visitador se enteró de todas esas cosas y se presentó de improviso en el convento. Llamó a la puerta y nadie le abrió; llamó otra vez y otra, y se quedó con la cuerda de la campanilla en la mano.

—¡Vaya convento!

Entró por una ventana y se encontró a fray Simplón jugando con el gato. Cogió al fraile de la oreja y le gritó:

—¿Por qué no has abierto la puerta, hermano?

—Porque soy sordo.

El padre visitador se puso colorado por la poca caridad que había tenido y se metió en la iglesia. Los frailes estaban en oración y quedó impresionado del recogimiento que reinaba en el recinto. Pasó una hora, dos, y el padre visitador notó por los ronquidos que estaban todos durmiendo.

Tosió y los frailes, sobresaltados, se despertaron y se les cayeron los libros al suelo.

—Conque soñando, ¿eh?

—Sí, padre, soñábamos con el cielo.

El padre visitador quedó un poco confuso. Vio a San Francisco, que se había puesto serio para disimular, y se reclinó un momento para rezar un Padrenuestro.

—Parece que San Francisco mueve la barba —se dijo el padre visitador—. Yo también debo estar soñando.

Al llegar al comedor se sentó a la mesa con los frailes. Probó la miel de fray Ezequiel y dijo:

—Está exquisita.

Probó el chocolate de fray Cucufate y dijo:

—Está delicioso.

Probó el vino de fray Silvino y dijo:

—Está sabrosísimo. ¡Ya veo que hacéis poca penitencia, hermanos!

Los frailes se quedaron avergonzados. Fray Pirulero llegó con su perola, unas judías con chorizo. El padre visitador las probó, torció el gesto y dijo:

—Hermanos, el que se coma esto ganará el cielo.

Los frailes se echaron cuatro cazos cada uno y se lo comieron sin rechistar.

Quedó el padre visitador muy edificado de la austeridad de los frailes y subió a inspeccionar las celdas.

29 La campana

CUANDO vio la celda de fray Olegario, llena de pajaritas de papel, y las lagartijas de fray Procopio, y a fray Silvino llegar patinando por el pasillo, y a fray Mamerto, que tiraba tomates a fray Cucufate detrás de las tapias, se puso hecho un basilisco.

El colmo de su furor llegó al encontrar un borrico durmiendo en la cama, con calcetines y todo. Reunió a toda la comunidad en el claustro y allí se llegaron todos temblando, esperando una buena regañina.

El visitador se mesaba la barba, se rascaba la oreja. No sabía qué hacer. ¡Vaya convento! Todo eran carreras, ronquidos, bichos, risas... ¡hasta santos que movían las barbas!

Había, junto a la torre, una pesadísima campana del tiempo de los moros, que debía pesar varias toneladas.

Lo malo fue que el padre visitador, cuando paseaba meditabundo, dando vueltas a la cabeza sobre qué castigo pondría a los frailes, se paró ante la campana, miró al campanario, midió con la vista los treinta metros de la torre y se dio una palmada en la frente.

Fray Sisebuto, que fue el primero que comprendió sus pensamientos, se fue por la cuerda del pozo para subir la campana, pues ése era sin duda el castigo que al padre visitador se le había metido en la sesera. Fray Ezequiel fue por la garrucha, la garrucha de las piedras gordas que se encontraba en la bodega. Sólo de subir la garrucha se arriñonaron dos frailes.

Cuando estuvo puesta la garrucha en lo alto de la torre y la cuerda atada a la campana, el padre visitador se dirigió a los frailes y dijo:

—Dispensen, hermanos; arremánguense que hay trabajo para todos.

—Yo tengo sabañones —dijo fray Simplón.

—Y yo tengo tortícolis —observó fray Balandrán.

—Yo tengo paperas —terció fray Nicanor.

—Y yo, el baile de San Vito —rezongó fray Olegario.

—Pues tirad, tirad, que esto lo cura todo.

Los frailes se aferraron a la cuerda de mala gana... ¡pero nada!

—¿Por qué no traemos el burro? —protestó fray Procopio.

—Es verdad, hace días que no da golpe. Además, es el que más jaleo ha traído al convento —protestaron todos.

A fuerza de ruegos y de empujones, los frailes ataron al asno al extremo de la cuerda. La polea comenzó a crujir y la campana empezó a elevar majestuosamente el vuelo.

—¡Animo, ánimo! —gritaba el visitador—. Yo os ayudaré.

Ya quedaba poco trecho para que la campana llegara a su destino, cuando fray Perico, que venía de la cocina comiéndose el postre, se detuvo con la boca abierta junto a la fila de frailes. ¡Era hermoso ver subir aquel mastodonte de hierro como si fuera de hojalata! Fray Perico arrojó al suelo la cáscara de plátano, el padre vistador la pisó, perdió el equilibrio y, ¡cataplum!, los veinte frailes tropezaron uno tras otro y la campana se precipitó al barranco.

Los frailes quedaron colgando y pataleando en el vacío, cada uno a diversa altura, agarrados a la cuerda. Todos gesticulaban, todos daban gritos y, al extremo, el borrico, que rebuznaba como un descosido.

Fray Perico, con las manos en la cabeza, no sabía qué hacer. Corrió por el cuchillo de la cocina, lo afiló y, agarrando el extremo de la cuerda atada a la campana, ¡zas!, de un tajo la cortó. Fue todo en un instante. El burro y los frailes cayeron en confuso tropel. Fray Perico, que aún sostenía el otro cabo, subió como por ensalmo al campanario y quedó colgado de la garrucha.

Los frailes se levantaron doloridos y maltrechos, y el padre Nicanor, con una pierna rota; los demás, descalabrados, tullidos y magullados. El único que había salido sin un rasguño fue el padre visitador, que se miraba todos los huesos, maravillado de estar sano y salvo.

Pero lo que más le maravilló fue que los frailes, caídos en el suelo, se partían de risa, tomaban la cosa a broma y sus semblantes no reflejaban dolor, sino alegría.

—He tenido yo la culpa, he tenido yo la culpa —repetía el visitador—. ¡Maldito resbalón!...

—¡Bah! —le tranquilizó el padre Nicanor pidiendo el bastón a fray Olegario—. Así me estaré dos meses en la cama.

El padre visitador se fue a despedir de San Francisco, que estaba muy serio y no movía las barbas. El fraile rezó muy compungido, arrodillado ante el altar.

—¡Qué cernícalo he sido! ¡Ahora me doy cuenta de que la alegría no está reñida con la penitencia!

Entonces —¿estaría soñando?— observó que San Francisco se sonreía. ¡Sí, sí!, se sonreía. El fraile se levantó, echó a andar hacia atrás y, de pronto, salió corriendo. A fray Pirulero no le dio tiempo de desearle buen viaje. Corre que te corre, pesaroso de haber pensado mal de aquellos buenos frailes, llegó a su monasterio y se dirigió al Capítulo General, donde los más ancianos estaban reunidos muy serios, muy serios, acariciando sus barbas blanquísimas. Llegó el fraile, se tropezó en los dos escalones y, ¡cataplum!, cayó de bruces delante de la Asamblea.

Los religiosos, al ver que el fraile no se había hecho daño, rieron de buena gana, olvidaron su enojo y dijeron:

—Hermano, tenemos que quitar esos escalones.

El fraile, alegre por haber salvado el Convento de San Francisco, sonrió para sus adentros y se dijo:

—¡Si supieran que lo he hecho aposta!

También puedes leer otro divertido libro de fray Perico en esta misma colección. Se titula *Fray Perico en la guerra* y es el número 180 de "El Barco de Vapor".

CONTENIDO

1	*Esto eran veinte frailes*	5
2	*Fray Perico*	9
3	*Aprendiz de fraile.*	13
4	*Fray Cucufate*	16
5	*La escoba*	20
6	*Las vacas sin cola*	23
7	*Los ratones*	26
8	*La feria*	29
9	*Los gitanos*	34
10	*El borrico*	38
11	*¡Fantasmas en el convento!*	43
12	*El usurero*	49
13	*El anillo prodigioso*	55
14	*Un fraile más*	60
15	*El lobo*	64
16	*El arca de Noé*	70
17	*Sopa de letras*	76
18	*Pajaritas de papel*	80
19	*¡A la escuela!*	83
20	*Los deberes*	86
21	*Los melones de la montaña*	91
22	*¿Dónde nacen las patatas?*	95
23	*Lluvia de tomates*	98
24	*Las tres cabras*	101
25	*Hermanas pulgas*	107
26	*¡Alabad, todos los animales, al Señor!*	110
27	*La lluvia*	113
28	*La visita*	116
29	*La campana*	119

EL BARCO DE VAPOR

SERIE NARANJA (a partir de 9 años)

1 / *Otfried Preussler*, Las aventuras de Vania el forzudo

2 / *Hilary Ruben*, Nube de noviembre

3 / *Juan Muñoz Martín*, Fray Perico y su borrico

4 / *María Gripe*, Los hijos del vidriero

6 / *François Sautereau*, Un agujero en la alambrada

7 / *Pilar Molina Llorente*, El mensaje de maese Zamaor

8 / *Marcelle Lerme-Walter*, Los alegres viajeros

10 / *Hubert Monteilhet*, De profesión, fantasma

13 / *Juan Muñoz Martín*, El pirata Garrapata

15 / *Eric Wilson*, Asesinato en el «Canadian Express»

16 / *Eric Wilson*, Terror en Winnipeg

17 / *Eric Wilson*, Pesadilla en Vancúver

18 / *Pilar Mateos*, Capitanes de plástico

19 / *José Luis Olaizola*, Cucho

20 / *Alfredo Gómez Cerdá*, Las palabras mágicas

21 / *Pilar Mateos*, Lucas y Lucas

26 / *Rocío de Terán*, Los mifenses

27 / *Fernando Almena*, Un solo de clarinete

28 / *Mira Lobe*, La nariz de Moritz

30 / *Carlo Collodi*, Pipeto, el monito rosado

34 / *Robert C. O'Brien*, La señora Frisby y las ratas de Nimh

37 / *María Gripe*, Josefina

38 / *María Gripe*, Hugo

39 / *Cristina Alemparte*, Lumbánico, el planeta cúbico

44 / *Lucía Baquedano*, Fantasmas de día

45 / *Paloma Bordons*, Chis y Garabís

46 / *Alfredo Gómez Cerdá*, Nano y Esmeralda

49 / *José A. del Cañizo*, Con la cabeza a pájaros

50 / *Christine Nöstlinger*, Diario secreto de Susi. Diario secreto de Paul

52 / *José Antonio Panero*, Danko, el caballo que conocía las estrellas

53 / *Otfried Preussler*, Los locos de Villasimplona

54 / *Terry Wardle*, La suma más difícil del mundo

55 / *Rocío de Terán*, Nuevas aventuras de un mifense

61 / *Juan Muñoz Martín*, Fray Perico en la guerra

64 / *Elena O'Callaghan i Duch*, Pequeño Roble

65 / *Christine Nöstlinger*, La auténtica Susi

67 / *Alfredo Gómez Cerdá*, Apareció en mi ventana

68 / *Carmen Vázquez-Vigo*, Un monstruo en el armario

69 / *Joan Armengué*, El agujero de las cosas perdidas

70 / *Jo Pestum*, El pirata en el tejado

71 / *Carlos Villanes Cairo*, Las ballenas cautivas

72 / *Carlos Puerto*, Un pingüino en el desierto

73 / *Jerome Fletcher*, La voz perdida de Alfreda

76 / *Paloma Bordons*, Érame una vez

77 / *Llorenç Puig*, El moscardón inglés

79 / *Carlos Puerto*, El amigo invisible

80 / *Antoni Dalmases*, El vizconde menguante

81 / *Achim Bröger*, Una tarde en la isla

83 / *Fernando Lalana y José María Almárcegui*, Silvia y la máquina Qué

84 / *Fernando Lalana y José María Almárcegui*, Aurelio tiene un problema gordísimo

85 / *Juan Muñoz Martín*, Fray Perico, Calcetín y el guerrillero Martín

87 / *Dick King-Smith*, El caballero Tembleque

88 / *Hazel Townson*, Cartas peligrosas

89 / *Ulf Stark*, Una bruja en casa

90 / *Carlos Puerto*, La orquesta subterránea

91 / *Monika Seck-Agthe*, Félix, el niño feliz

92 / *Enrique Páez*, Un secuestro de película

93 / *Fernando Pulin*, El país de Kalimbún

94 / *Braulio Llamero*, El hijo del frío

95 / *Joke van Leeuwen*, El increíble viaje de Desi

96 / *Torcuato Luca de Tena*, El fabricante de sueños

97 / *Guido Quarzo*, Quien encuentra un pirata, encuentra un tesoro

98 / *Carlos Villanes Cairo*, La batalla de los árboles

99 / *Roberto Santiago*, El ladrón de mentiras

100 / *Varios*, Un barco cargado de... cuentos

101 / *Mira Lobe*, El zoo se va de viaje

102 / *M. G. Schmidt*, Un vikingo en el jardín

103 / *Fina Casalderrey*, **El misterio de los hijos de Lúa**

104 / *Uri Orlev*, **El monstruo de la oscuridad**

105 / *Santiago García-Clairac*, **El niño que quería ser Tintín**

106 / *Joke Van Leeuwen*, **Bobel quiere ser rica**

107 / *Joan Manuel Gisbert*, **Escenarios fantásticos**

108 / *M. B. Brozon*, **¡Casi medio año!**

109 / *Andreu Martín*, **El libro de luz**

110 / *Juan Muñoz Martín*, **Fray Perico y Monpetit**

111 / *Christian Bieniek*, **Un polizón en la maleta**

112 / *Galila Ron-Feder*, **Querido yo**

113 / *Anne Fine*, **Cómo escribir realmente mal**

114 / *Hera Lind*, **Papá por un día**

115 / *Hilary Mckay*, **El perro Viernes**

116 / *Paloma Bordons*, **Leporino Clandestino**

117 / *Juan Muñoz Martín*, **Fray Perico en la paz**

118 / *David Almond*, **En el lugar de las alas**

119 / *Santiago García-Clairac*, **El libro invisible**

120 / *Roberto Santiago*, **El empollón, el cabeza cuadrada, el gafotas y el pelmazo**

121 / *Joke van Leeuwen*, **Una casa con siete habitaciones**

122 / *Renato Giovannoli*, **Misterio en Villa Jamaica**

123 / *Juan Muñoz Martín*, **El pirata Garrapata en la India**

124 / *Paul Zindel*, **El club de los coleccionistas de noticias**

125 / *Gilberto Rendón*, **Los cuatro amigos de siempre**

126 / *Christian Bieniek*, **¡Socorro, tengo un caballo!**

127 / *Fina Casalderrey*, **El misterio del cementerio viejo**